NARRATORI STRANIERI

COLIN BARRETT
CASE FEROCI

Traduzione di Marco Drago

ROMANZO
BOMPIANI

www.giunti.it
www.bompiani.it

Barrett, Colin, *Wild Houses*

Via Bolognese 165 – 50139 Firenze – Italia
Via G.B. Pirelli 30 – 20124 Milano – Italia

ISBN: 978-88-301-1923-9

Prima edizione: aprile 2024

PARTE PRIMA

1.

Dev Hendrick era al buio, sdraiato sul divano con il portatile sulla pancia, addormentato o quasi, gli auricolari che gli riversavano rumore bianco nelle orecchie, quando il suo telefono ronzò tre volte sul tavolino e poi tacque.

Avvertì le vibrazioni più che udirle. Si alzò a sedere, chiuse di scatto il portatile e lo posò sul tavolino. Il rumore bianco degli auricolari cessò. Prese il telefono e indovinò il numero prima ancora di controllare lo schermo. Tre ronzii volevano dire: *siamo qui.* Si tolse gli auricolari dalle orecchie, piegò un po' la testa per mettersi all'ascolto della notte vuota e poi lo sentì, il rumore familiare dell'auto che strisciava su per il viale, il basso borbottio del motore, lo scricchiolio da pluriball delle ruote che giravano lente sulla ghiaia.

Sul tavolo c'era una bottiglia di Corona quasi vuota. Ne bevve il fondo. La Corona era sgasata e aspra come un agrume, uno spicchio di lime appassito si arricciava come un insetto annegato sul fondo della bottiglia.

Il cane, Georgie, che sonnecchiava sulla malconcia poltrona rossa, si agitò e si svegliò con un guaito spaventato.

"Zitto," disse Dev.

Georgie era un cane minuscolo, molto nervoso, con un manto di zucchero filato che copriva una cassa toracica dalle ossa fragili come quelle di un pollo. Aveva denti gialli da diavolo, il muso rugoso simile a quello di un topo e lo sguardo umido, iniettato di sangue e perennemente implorante che a Dev faceva spesso venir voglia di dargli un calcio e spedirlo oltre il muro del giardino. Ormai Georgie non si avventurava più di tanto all'aperto: quasi vecchio, scontroso e sempre meno ardito, il cane preferiva il terreno accogliente e caotico del salotto, dove passava le giornate a ciondolare da una nicchia imbottita all'altra e a fissare la TV come una vecchia signora.

Georgie guaì di nuovo.

"Adesso piantala, va bene?" disse Dev, a voce abbastanza alta da provocare un gorgoglio di umiliazione da parte di Georgie.

Dev e Georgie non erano mai andati molto d'accordo, ma da quando la madre era morta il cane si era reso conto che Dev era ormai la sua unica fonte di sostentamento e che da lì in poi sarebbe stata la sola compagnia a disposizione in quella casa, e così aveva sviluppato, se non un affetto, almeno una riluttante ricettività agli ordini di Dev, purché questi fossero impartiti con sufficiente enfasi e disprezzo. Georgie rispettava solo l'enfasi e il disprezzo, almeno da parte di Dev.

Dev si infilò le Crocs e imboccò con passo pesante il corridoio. Una gelida diagonale di luce aveva bucato il pannello di vetro della porta d'ingresso, illuminando la carta da parati verde e oro del corridoio e il fogliame ammuffito dei vecchi cappotti della madre ammucchiati sull'attaccapanni.

Dev tirò indietro il chiavistello e aprì la porta. La luce si accese in automatico, inondando di chiarore il vialetto. La pioggia turbinava, scintille nella luce. Le gocce atterrarono sul viso di Dev e lì rimasero. Il motore dell'auto si spense e i fari si oscurarono. Dev vide suo cugino Gabe Ferdia uscire dalla portiera del guidatore e un attimo dopo

Sketch, il fratello minore di Gabe, uscire da dietro e aiutare, o meglio trascinare una terza persona sul viale. La terza persona era un ragazzino, un giovane dalla faccia smorta.

"Bella serata," disse Gabe.

"Non farete sul serio?" disse Dev.

"Temo di sì," rispose Gabe, poi strizzò gli occhi con fastidio nella pioggia battente e il viso lungo e sottile. "Ci fai entrare o no?"

I tre rimasero lì sotto la pioggia, in attesa di Dev.

"Entrate," disse Dev.

Per far muovere il ragazzino, Sketch gli diede uno spintone. Indossava una sola scarpa da ginnastica e teneva l'altra in mano ed era costretto a saltellare sul piede calzato mentre calpestava la ghiaia pietrosa del vialetto. Quando il ragazzino fu abbastanza vicino, Dev notò che aveva il viso segnato, un graffio scuro vicino all'occhio, ancora troppo fresco per avere la crosta. Il ragazzo guardò senza espressione la casa e poi Dev.

"No," disse.

"Sì," disse Gabe.

"Non esiste proprio per un cazzo," disse il ragazzo.

Rimase fermo sul posto finché Sketch non lo spinse di nuovo. Il ragazzo inciampò sulla soglia, entrò. Sketch e Gabe lo seguirono. Dev chiuse la porta a chiave e i fratelli guidarono il ragazzo lungo il corridoio.

*

Quando Dev li raggiunse in cucina vide che avevano fatto sedere il ragazzo su una sedia vicino al tavolo. La scarpa da ginnastica era sul tavolo, accanto al piattino per il burro. Sketch stava dietro il ragazzo, in piedi, gli teneva le mani sulle spalle. Gabe si era tolto la giacca e la teneva in mano, era un bomber nero con la scritta TEQUILA PATROL impressa a caratteri dorati sulla schiena. Con un gesto esperto fece schioccare la giacca in aria, una sola volta, facendo volar via le gocce di pioggia dal tessuto, poi la appese per bene sullo schienale di una sedia. Aprì il frigorifero e cominciò a tirare fuori delle bottiglie di Corona, ne mise quattro in fila sul bancone.

Il ragazzino poteva avere quindici, sedici anni. Aveva il viso smorto, con una sfumatura azzurra, come latte crudo in un secchio. Era ben rasato e, se non fosse stato per la scarpa mancante e per il brutto taglio all'angolo dell'occhio, poteva passare per uno dei tanti giovani che si vedevano in giro per la città il venerdì sera, puntigliosamente agghindati per la discoteca: i capelli corti neri tutti spinti in avanti e talmente zuppi di pioggia e gel che luccicavano come catrame fuso, la camicia azzurra abbottonata fino alla gola tipo prete, i jeans scuri e l'odore penetrante di dopobarba che emanava da lui come una nebbia.

"Mi sa che quel piede è un po' fradicio," disse Dev.

"Cosa?" disse il ragazzo.

"Ho detto che il tuo piede dev'essere fradicio."

Il ragazzo si guardò il piede. Guardò Dev.

"Che cristone è questo qui?" disse.

Dev si sentì attraversare da una corrente calda. Sentì i due Ferdia che ridacchiavano.

"È un elemento di dimensioni divine," disse Gabe mentre stappava le Corona. Il sibilo di depressurizzazione e lo schiocco – pop, pop, pop, pop – si sovrapposero al tintinnio dei tappi che rimbalzavano sul bancone. Due rotolarono oltre il bordo e tintinnarono una seconda volta sul pavimento.

"Ha certe manone," disse Sketch, "che sembrano benne di un escavatore."

Dev si guardò le mani penzoloni. Era vero. Erano enormi, come Dev. Quando era da solo, cioè quasi sempre, si dimenticava della sua stazza. Gli altri non tardavano a ricordarglielo. Cresci oltre un certo limite, oltre certe proporzioni: la gente non si abitua mai.

"Conosci questo tipo?" chiese Gabe al ragazzo.

Il ragazzo scrollò le spalle.

"Non l'hai mai visto a Ballina?"

"Me lo ricorderei, un cristone così grosso. È alto due metri e mezzo?"

"Eh, ci va vicino," disse Gabe. "Ma Dev è fuorviante. Grande e grosso com'è, lascia un segno piccolissimo sul mondo. Non ti accorgi quasi che c'è."

Il ragazzo guardò Dev e parve considerare la possibile veridicità dell'osservazione di Gabe.

"Voglio il mio telefono," disse.

"Lascia perdere il telefono, ragazzo," disse Gabe.

"Ehi tu, omone," disse il ragazzo a Dev, "mi presti un telefono?"

"Il telefono è fuori discussione," disse Sketch, dando una pacca sulla spalla al ragazzo.

"Dev, ti presento Doll English," disse Gabe. "Doll, questo è Dev."

"Non dovrei essere qui," disse Doll.

"Non è un problema," disse Gabe con pazienza. "A Dev non dispiace, vero, Dev?"

Dev scosse la testa.

"Abbiamo pensato che stanotte magari dormi qui," continuò Gabe.

"Cazzo dite? Non esiste," disse il ragazzo.

"Un po' di educazione, insomma," disse Gabe e guardò Dev. "A te va bene, no?"

"Se garantite voi per lui sì," disse Dev.

"Garantiamo per lui al cento per cento," disse Gabe. Afferrò una Corona dal bancone. "Puoi bere questa," disse porgendo la bottiglia al ragazzo, "sempre che tu abbia intenzione di stare seduto qui e comportarti da persona civile."

"Dev conosce Cillian," disse Sketch. "Tutti conoscono tuo fratello."

Sentire il nome del fratello parve calmare il ragazzo. Accettò la bottiglia. Gabe passò una bottiglia a Sketch e offrì l'ultima a Dev.

"Vado bene così," disse Dev.

"E dai," disse Gabe, forzando la bottiglia tra le mani di Dev.

Gabe bevve un sorso. Doll English bevve un sorso. Sketch bevve un sorso.

Dev bevve un sorso, si fece girare le bollicine sfrigolanti in bocca e deglutì.

Sketch Ferdia aveva circa venticinque anni, un paio in più di Dev. Era di bell'aspetto, con un taglio di capelli ingellato da trenta euro tipo calciatore della Premier League e la muscolatura curata di uno fissato con la palestra, le braccia grosse e tatuate, così scritte e illustrate che parevano le pagine di un manoscritto medievale. Aveva la mascella presuntuosa ad angolo retto, occhi azzurri e malinconici e una propensione a prendere a pugni in testa gli impostori quando decideva che era il caso.

Gabe, per contro, era pelle e ossa. Aveva quasi quarant'anni ma ne dimostrava dieci di più, una faccia da chiesa vandalizzata, lunga, spigolosa e scavata, con gli occhi che brillavano nelle orbite come finestre sfondate. Era la faccia di un uomo che aveva superato una terribile logorante deprivazione, e più o meno era così. Per quasi un decennio si era fatto di eroina, con l'ago, il laccio e tutto il resto, un'impresa impegnativa da portare a termine lì, lontano da tutto e in mezzo al nulla, perché l'eroina non era una droga disponibile o popolare nell'ovest. Dev non toccava niente di più forte della birra, ma sapeva che i gusti farmaceutici dell'abitante medio di Mayo tendevano a evitare quelle sostanze che incoraggiavano la narcosi, l'introversione e la malinconia – caratteristiche che i nativi già possedevano in massicce dosi ereditarie – a favore di sostanze che stimolano l'attività fisica: Adderall, coca e speed, droghe progettate per aumentare il battito cardiaco e farti andare fuori, non dentro.

Gabe era stato un'eccezione in questo senso. Aveva finalmente smesso con l'eroina un paio di anni prima, ma solo dopo essere andato in overdose a tre diverse feste in casa nell'arco di una sola estate, finendo ogni volta al pronto soccorso di Castlebar. In due di queste occasioni diceva che il cuore gli si era fermato del tutto – clinicamente morto – ed era stato necessario riportarlo in vita con quelle piastre elettriche sul petto che si vedono nei film. Da allora aveva ripreso certe abitudini – Gabe beveva, fumava e si faceva un tiro di canna se glielo offrivano – si considerava comunque pulito perché aveva smesso con l'eroina, e se questa particolarità bastava a soddisfare la sua definizione di pulito, be', secondo Dev andava bene così.

"Anche Dev è un figlio di Muredach," disse Sketch.

La Muredach era la scuola secondaria maschile di Ballina. Cillian English e Sketch erano un paio d'anni avanti a Dev. Ai tempi Sketch non aveva mai scambiato nemmeno due parole con Dev, quando per lui le cose avevano cominciato ad andare male non si era visto proprio.

"Cillian era un lavativo ma aveva una gran testa," disse Sketch. "Era sempre nei corsi avanzati fino a quando è stato espulso, onore al merito. Dev, tu invece eri pessimo come me. Noi solo corsi base."

Dev non prese bene l'osservazione di Sketch, ma non disse nulla. Tutti pensavano che Dev fosse stupido, per tre motivi. Uno, perché era grosso e la gente pensa che se sei grosso sei una specie di babbeo. Due: perché tendeva a non parlare molto, e la gente pensa che se non parli molto è perché non hai molto da dire. E tre perché sì, Dev aveva frequentato solo i corsi base e non aveva finito la scuola, ma niente di tutto ciò aveva a che fare con la sua intelligenza.

Dev osservò il ragazzo. Il volto di Doll non lasciava trapelare granché, aveva un'espressione distaccata e distante, fissava impassibile la bottiglia di Corona che teneva tra le gambe. Si schiarì la gola.

"Qualsiasi cosa ci sia tra voi e Cillian non c'entra niente con me," disse a bassa voce, senza alzare lo sguardo.

Dev sentì un ticchettio nel corridoio e Georgie arrivò di corsa in cucina sbucando da dietro l'angolo. Il cagnolino si fermò di botto, valutò le tre nuove presenze in casa e cominciò ad abbaiare, un segnale di stima apoplettico, agli stinchi di Gabe.

"Ciao anche a te, idiota," lo sgridò Gabe.

"Adesso calmati, Georgie," disse Dev.

Georgie smise di abbaiare e si guardò di nuovo intorno, col naso per aria. Dopo un altro momento di riflessione il cane si avvicinò al piede di Doll, annusò e iniziò a leccare con foga la punta del calzino bagnato.

Doll si tirò su. Adagio, come se l'azione non avesse nulla a che fare con lui, sollevò il piede e per un attimo Dev pensò che avrebbe fatto qualcosa di terribile, tipo schiacciare Georgie, invece si mise a stuzzicare con delicatezza e insistenza il fianco del cane con la punta del piede. E Georgie, invece di spaventarsi o di protestare, rotolò sulla schiena, esponendo la carne rosa del ventre, la cucitura livida e il grigio mozzicone annodato dove prima c'era il suo povero vecchio scroto. Doll posò il piede sulla pancia di Georgie e cominciò a farlo dondolare avanti e indietro, suscitando nella bestiola un ansito rauco e appagato.

"Gli piaci," disse Gabe a Doll. "E a questo cane non piace nessuno."

"Io non gli piaccio," disse Dev.

"Fatemi telefonare a mia madre," disse Doll. "Si starà preoccupando."

"Sono le due del mattino," disse Sketch, "Tua madre dorme della grossa nel suo *leaba*."

"Non dorme bene, lei. Le fa male la testa."

"Motivo in più per non disturbarla a quest'ora," disse Sketch.

Doll si chinò in avanti per guardare meglio Georgie.

"Che razza è?"

"È il cane di mia madre," disse Dev.

"Madre," disse Doll. Mostrò a Georgie i palmi delle mani e Georgie, con grande stupore di Dev, fece un balzo e finì in grembo al ragazzo, come Dev gli aveva sempre visto fare solo con la madre. "Lo chiedo a lei."

"Non puoi."

"Perché è morta," disse Doll.

Dev si sentì avvampare.

Doll iniziò a sfiorare i morbidi triangoli tremolanti delle orecchie di Georgie. Georgie cercò di leccarlo in faccia. A ogni dardo arricciato della lingua del cane, Doll faceva scattare indietro il mento, allontanandolo di poco dalla sua portata. "Dici sul serio? Non sai di che razza è?"

Dev non disse nulla.

"È un incrocio di volpino e Jack Russell, direi. Una mia zia ne aveva uno quasi uguale. Sono delicati anche se fanno un gran casino. Da vecchi hanno problemi ai polmoni."

Doll afferrò Georgie per le zampe davanti e lo sollevò con la destrezza di un veterinario. Premette l'orecchio sul ventre allungato del cane.

"Senti?" disse. "Quanti anni ha?"

"Vuoi sopprimere il mio cane?" disse Dev.

"Hai detto che era il cane di tua madre."
"Adesso è mio. Mettilo giù."
Doll fece scendere George in grembo e lo lasciò andare. Georgie scivolò lungo le ginocchia del ragazzo, si ritirò sotto una sedia vuota e da lì fissò Doll English con uno sguardo lungo ed eloquente.
"Io piaccio agli animali," disse Doll.

"Come va la mano di Cillian?" disse Gabe.
Doll non guardò Gabe ma strinse gli occhi continuando a tenere d'occhio Georgie. Si grattò la mandibola.
"La mano sta bene," disse.
"Te l'ha detto come se l'è rotta?"
"Dice che è caduto."
"Caduto," disse Sketch e sorrise.
"Non è stato un episodio piacevole," disse Gabe. "Ma senti un po', hai mai conosciuto Mulrooney?"
"Non lo so," disse Doll.
"Non lo sai?"
"No," disse Doll, "mai conosciuto nessun Mulrooney."
"Perché è a lui che Cillian è legato."
"A chi è legato Cillian non sono fatti miei."
"Però è così," disse Gabe. Prese un sacchetto di plastica dalla tasca e lo gettò sul tavolo. Era pieno di ciuffi d'erba verdi e nodosi. "Direi che a quella festa eri molto benvoluto."
"Non è niente." Doll scrollò le spalle. "Due canne per me e i miei amici."
"Te l'ha data Cillian?"
"Ultimamente Cillian non mi dà molto."
"No, ultimamente no, ovvio," disse Gabe. "Ti ho chiesto se conosci Mulrooney perché è per lui che lavorava Cillian. E noi ci lavoriamo ancora."
"Non ti ha mai detto com'è finita tra lui e Mulrooney?" chiese Sketch.

Doll scrollò di nuovo le spalle.
"Temo che tuo fratello abbia fatto una bella cazzata," disse Gabe.

Dev conosceva l'uomo per cui lavoravano i Ferdia, perché ci lavorava anche lui: quello che Dev faceva era custodire la droga per Mulrooney. Da quasi un anno Gabe e Sketch si presentavano – a volte ogni qualche settimana, a volte non si vedevano per mesi – con il bagagliaio pieno di roba imboscata dentro borse sportive. Dev ficcava le consegne in un posto buio e asciutto e se ne dimenticava fino al ritorno dei Ferdia. Aveva parecchi buoni magazzini: un paio di capanni per il bestiame abbandonati in mezzo ai campi lungo la stradina dietro, oppure la teneva dentro casa, se doveva tenerla per poco. Era un bravo custode perché viveva in mezzo al nulla, non usciva mai di casa e viveva da solo, a parte Georgie. Le uniche persone che vedeva regolarmente ormai erano Gabe e Sketch.

"Hai fame?" chiese Gabe a Doll.
"Cosa?"
"Tra poco ti sistemiamo per la notte. Prima vuoi mangiare qualcosa?"
"Hai trincato," disse Sketch. "Mangiare ti farebbe bene."
"Non ho trincato," disse Doll. "Vado bene così."
"Quando ti abbiamo trovato a vagare per quella strada barcollavi un bel po'," disse Sketch.
"Non barcollavo. Stavo benissimo. Stavo andando a casa. Voglio andare a casa."
"Vuoi qualcosa da mangiare o no?" disse Gabe. "Ultima chance fino a domattina."
"Ho una roba da microonde in frigo," disse Dev.
Si avvicinò al frigorifero e tirò lo sportello con tanta forza da far sbattere uno contro l'altro i condimenti e i barattoli

sui ripiani. Una scossa di isteria bianca e fredda lo attraversò quando capì che l'avevano fatto davvero. Avevano prelevato quel ragazzo, Doll English, dritto dalla strada nel cuore della notte e l'avevano portato lì, a casa sua.

"Dev, andiamo bene?" gli disse Gab alle spalle.

Dev stava fissando con aria assente la luce sul fondo del frigorifero. Prese un panino con le costolette dal ripiano centrale, lo strappò dalla confezione, lo impiattò e lo mise nel microonde.

"Alla festa con te c'era anche la tua ragazza. Come si chiama?" disse Sketch a Doll.

Doll finì la Corona e posò la bottiglia sul tavolo accanto alla scarpa.

"In America la chiamano *bangs*," disse Sketch.

"Cos'è che chiamano *bangs*?" chiese Gabe.

Sketch si mise un dito sulla fronte. "La frangetta che ha la sua ragazza. Gli yankee la chiamano *bangs*. In ogni caso è una signorina molto a modo."

Il microonde fece ding. Dev portò il piatto al ragazzo.

"Ecco qua," disse.

"Hai ragione," disse Doll a Dev, "Ho il piede fradicio."

Il ragazzo si alzò dalla sedia e poi si rimise a sedere. Prese la scarpa dal tavolo, balzò di nuovo in piedi e con un movimento improvviso e fluido colpì Dev alla tempia. La botta non fece male a Dev, ma lo colse di sorpresa: si abbassò troppo tardi e il ragazzo gli fu addosso, artigliandogli le braccia, il collo e la testa come se volesse arrampicarsi e scavalcarlo. Dev lasciò cadere il piatto e cercò di afferrarlo, ma Doll era già sparito, scivolato via dalla sua presa.

"EHI," Dev sentì Sketch ruggire.

Doll abbrancò la sedia su cui era appeso il giubbotto di Gabe e la schiantò a terra. Scagliò la scarpa verso la testa di Sketch e si precipitò nel corridoio. Sketch si abbassò e si lanciò al suo inseguimento, con Gabe che gli filava dietro.

Dev li seguì nel corridoio. Sketch aveva già placcato e immobilizzato Doll sul pavimento. Aveva un gomito incastrato sotto il mento di Doll e sembrava che lo stesse schiacciando con tutto il suo peso. La faccia di Doll stava diventando rossa, il suo respiro era un sibilo confuso che si faceva strada tra i denti snudati.

Gabe restò a guardare, la birra ancora in mano. Georgie, vicino alla gamba di Dev, abbaiava incessantemente. Dev voleva dire qualcosa. Gridare, per farlo smettere. Sentì il cuore che si stringeva, e puntini argentati cominciarono a scintillare e a strisciare agli angoli del suo campo visivo.

Sketch si rialzò sollevando anche Doll. Doll cercò di nuovo di sfuggire e Sketch lo bloccò prendendolo dalla testa. I due barcollarono in cerchio per il corridoio, rovesciando l'appendiabiti e sbattendo da una parete all'altra.

"La vuoi smettere, IDIOTA?" ruggì Sketch, e colpì Doll alla cintola fino a fargli cedere le ginocchia. Sketch lo riportò in cucina e lo buttò sulla sedia.

"Dite a questo giovanotto di calmarsi prima che lo faccia a pezzi," disse Sketch mentre si lisciava i capelli scarmigliati e acuminati.

"Che cavolo volevi fare?" chiese Gabe, raddrizzando la sedia rovesciata e rimettendo la giacca al suo posto.

"Voglio andare a casa!" disse Doll.

"Non ti avevo chiesto di sederti qui, di bere qualcosa con noi e di comportarti da persona civile? Ti ho chiesto solo questo, no?" disse Gabe.

Doll si abbracciava lo stomaco, le spalle strette. I pugni di Sketch l'avevano stordito un bel po'. Aveva uno strappo sulla spalla della camicia, i bottoni in alto erano saltati via e il colletto era storto. Fece girare lo sguardo per la stanza, Gabe, Sketch, il cane e Dev, si portò le mani alle tempie e abbassò la testa sulle ginocchia. Premette le estremità delle dita contro la nuca, così forte che le nocche cominciarono a sbiancare. Prima respirava calmo poi sempre più affannoso e per un mezzo minuto fu quello l'unico rumore nella stanza, i respiri di Doll English che entravano e uscivano con un ritmo basso e affannoso, il viso sepolto in grembo e le spalle che si alzavano e si abbassavano a scatti.

Dev si concentrò sul respiro e cercò di non sbattere troppo le palpebre. In corridoio aveva quasi perso il controllo, ma il battito era tornato normale. I puntini d'argento agli angoli degli occhi si stavano allontanando, ridotti a filamenti neri; strizzando gli occhi sparirono nel nulla.

"Pensavo di metterlo in cantina," disse Gabe dopo un po'.

La cantina. Allora dicevano sul serio, sul fatto di tenere il ragazzo lì. Ci fu un altro momento di silenzio e Dev si rese conto che Gabe lo stava guardando, si aspettava una risposta.

"Bisogna fare il letto," fu tutto ciò che riuscì a dire.

"Allora vai a farlo," disse Gabe.

La biancheria di ricambio era nel ripostiglio sul pianerottolo al piano di sopra. Il ripostiglio ero piccolo e buio e conservava un lieve odore di madre. Da una pila di lenzuola ne tirò fuori uno, poi un copriletto più pesante di lana ruvida, un cuscino senza la federa maculato di muffa. Il cuscino era grande come un busto umano, con l'imbottitura tutta divisa in gnocchi, sembrava un muscolo che ha perso definizione.

Quando tornò in cucina c'era ancora silenzio, Gabe sorseggiava la sua Corona, Sketch aveva gli occhi conficcati nella nuca di Doll. Doll aveva sollevato la testa dal grembo, teneva le mani penzoloni tra le gambe, le guance arrossate, la pelle sotto gli occhi rosea e segnata. Dev mise le lenzuola sul tavolo e con delicatezza ridiede a quell'ammasso gozzuto una parvenza di cuscino.

La porta della cantina era incassata dentro una nicchia

nella parete accanto al frigorifero. Dev aprì la porta e cercò nel buio gelido l'interruttore della luce. La lampadina della cantina era nuda, ricoperta da granelli di polvere che si incendiavano man mano che si scaldava, rilasciando nell'aria umida un sentore argenteo di incenerimento. Una decina di gradini conducevano giù nella stanza bassa e angusta. Dalla cima delle scale Dev la vedeva tutta. Il pavimento era di cemento grezzo non verniciato e sembrava freddo come un lago, il soffitto lo sovrastava di appena due metri. Circa un quarto dello spazio era occupato dall'impianto di riscaldamento della casa, i tubi, le bocchette e le condutture elefantiache del serbatoio dell'acqua e della caldaia. Negli angoli c'erano scatole di cianfrusaglie: vecchissimi giocattoli e aggeggi domestici rotti, soprammobili, fumetti ammuffiti, cartelline con le opere d'arte dell'adolescente Dev e tutti i vecchi libri contabili, con le pagine arricciate e ingiallite dal tempo, di quando il padre aveva ancora la sua attività di tassista. Lungo una parete c'erano una rete a molle con sopra un materasso sottile e una scrivania con un enorme monitor squadrato e impolverato, sotto la scrivania un computer grande come una valigia e una matassa intestinale di spine e cavi che non erano più collegati a niente.

In Irlanda le case di solito hanno la soffitta, non la cantina. Il padre di Dev aveva preso l'idea dai programmi televisivi americani. Uno dei primi e più benevoli voli di fantasia del padre. Mentre la scavavano, il padre aveva fatto grandi progetti per la cantina: trasformarla in una sala giochi, farne una palestra o metterci un banco da lavoro. Ma quando fu completata il suo interesse, come spesso accadeva, si era già trasferito altrove e la cantina divenne un deposito di cianfrusaglie domestiche, finché il piccolo Dev non la trasformò nella sua tana. Il letto risaliva a quel periodo, così come il computer e la scrivania. Dev aveva passato gran parte della sua infanzia in cantina, aveva spesso dormito lì sotto. Gli altri bambini uscivano. Dev andava sotto le assi del pavimento.

Scese le scale del seminterrato e per arrivare al letto dovette chinarsi. Infilò il lenzuolo sotto il materasso allineando bene i bordi, poi il copriletto, e infine sistemò il cuscino contro la testiera di metallo.

Tornò in cucina e i due Ferdia fecero scendere il ragazzo. Doll non protestò, fece quello che gli fu ordinato. Dev si sedette al tavolo della cucina. Tra i cocci del piatto in frantumi, Georgie aveva trangugiato i resti del panino con le costolette e stava leccando la macchia di grasso sul pavimento. Dal seminterrato arrivava il suono di una conversazione, confusa e non del tutto intelligibile, la voce bassa e misurata di Gabe punteggiata da grugniti, forse di Sketch, forse del ragazzo, forse di entrambi. Poi rumori di raschiamento e sferragliamento, come se qualcuno spostasse i mobili. I due Ferdia tornarono su.

"C'è una chiave?" chiese Gabe.

Dev trovò la chiave in uno dei cassetti e la diede a Gabe. Gabe chiuse la porta e si mise la chiave in tasca.

"Tu non sei uno da spirito, giusto?" disse a Dev, frugando negli armadietti in alto.

"Spirito?"

"Liquore. Whiskey, rum, quel genere di... ah!"

Gabe tirò fuori una bottiglia di Baileys dal fondo di uno degli armadietti.

"È di mia madre," disse Dev.

"Senza dubbio," rispose Gabe. Svitò il tappo e annusò. "Dici che alla povera vecchia Moira dispiace? Tanto sta lì a prendere polvere."

Gabe versò tre dosi di Baileys e alzò il bicchiere.

"Ai fratelli English," disse.

Mentre scendeva, il Baileys aveva un sapore dolce, poi colpì Dev al petto come un calore lento e soffocante.

"Sto morendo di fame," annunciò Gabe con uno sbadiglio. Preparò una ciotola di Coco Pops per sé e per Sketch. I due Ferdia mangiarono con metodo, concentrati. Dev ascoltò il soddisfatto scricchiolio meccanico delle loro mandibole e lanciò ripetuti sguardi verso la porta del seminterrato. Si aspettava che il ragazzo cominciasse a battere dall'altra parte, chiedendo di essere liberato.

"Come stai, Dev, sei scosso?" disse Gabe.

"Sto bene."

"Non ci credevi che l'avremmo fatto davvero, eh?" disse Sketch.

"Rapire un ragazzo?"

"Te l'avevamo detto che lo facevamo."

E l'avevano fatto. Un paio di mesi prima erano arrivati a casa di Dev, come succedeva spesso, e avevano passato la notte seduti sul divano di Dev, a bere le sue birre e a lamentarsi di quello stronzetto di Cillian English. Quel coglione ostinato, quella testa di legno di Cillian English. Doveva dei soldi a Mulrooney, un bel cazzo di mucchio di soldi, e ormai glieli doveva da troppo tempo; stava arrivando, sostenevano i due Ferdia, il momento delle conseguenze. Il fratellino e la madre di English vivevano in città, e forse si doveva far loro qualcosa, per dimostrare a Cillian che né i Ferdia né Mulrooney stavano cazzeggiando. Potevano prendere il fratello e tenerlo lì, dicevano. La casa di Dev era perfetta, dicevano, e Dev ricorda che ne avevano parlato e riparlato sempre più entusiasti della logistica del piano, gloriandosi dell'idea che Cillian English avrebbe finalmente avuto ciò che gli spettava.

Poi se n'erano andati alle tre del mattino e Dev non ne aveva più saputo niente. Erano passati giorni, poi settimane. Non era successo nulla e aveva continuato a non succedere nulla. Quando i due Ferdia si presentarono per mollargli le solite borse sportive piene di roba non uscì fuori una sola parola su Cillian English o sulla sua famiglia, e così Dev concluse tacitamente che quella notte i Ferdia, ubriachi, si erano solo concessi una fantasticheria di estorsione per poi rinsavire e dimenticare tutto.

"Ma come funziona?" chiese Dev. "Per quanto tempo potete tenerlo qui?"

Sketch fece un sorriso da lupo soddisfatto a Gabe.

"Lo sapevo che questo qui non ci credeva. Non pensava che lo facessimo davvero."

Dev premette la lingua sul palato. Un retrogusto cremoso di rancido, il Baileys.

"Ho pensato che magari stavate solo sparando un po' di cazzate," disse. "Che vi stavate solo sfogando per l'incazzatura che avevate con quell'English."

"L'incazzatura non c'entra," disse Gabe, "sono affari."

"Quell'English mi fa incazzare," ammise Sketch.

"Ma perché rapirgli il fratellino?" chiese Dev.

Gabe si versò un secondo Baileys e lo bevve. Tirò fuori un pacchetto di sigarette e ne accese una.

"Prima di decidere," disse, "il sottoscritto e il qui presente siamo andati a casa di English e proprio lì, davanti a quella vacca della sua donna, gli abbiamo dato sette sfumature di botte, e per finire gli ho chiuso una mano nel cassetto e Sketch si è dato da fare fino a ridurre a pezzi mano e cassetto. Gli abbiamo detto che se non aggiustava subito i problemi con Mulrooney la prossima volta avremmo buttato la sua carcassa direttamente nel Moy."

Il sorriso di Gabe, mentre ricordava, era quasi di ammirazione.

"E secondo te è servito a qualcosa?" disse. "Questo è il problema di quell'English. Un uomo lo puoi minacciare solo se tiene abbastanza alla propria pelle da volersela salvare. Se non si cavano benefici a minacciarlo direttamente, allora tocca prendere un'altra strada."

Spense la sigaretta nella pozza di latte marroncino sul fondo della sua ciotola. Guardò la porta del seminterrato, scoprì i denti e da quelli fece uscire lenti sbuffi di fumo.

"Se non riusciamo a farci ascoltare da English nemmeno così, vuol dire che non c'è modo."

I Ferdia lanciarono una moneta. Vinse Sketch. Dev lo accompagnò nella stanza della madre, al piano di sopra. Nella sua, di stanza, Dev prese una pillola dalla boccetta sul comò accanto al letto, la inghiottì e tornò al piano di sotto in attesa di venire assalito dalla sonnolenza.

In corridoio rimise in piedi l'appendiabiti ribaltato e vi riappese i vecchi cappotti di sua madre. Andò in salotto per recuperare il portatile. Sul divano c'era Gabe, il fumo che gli incoronava la testa, intento a bere un'altra birra e a guardare la TV senza audio. Sullo schermo venivano intervistate persone dagli occhi lucidi e dai sorrisi storditi e sconnessi, che parlavano rapidamente al microfono nello spazio buio di quello che sembrava un locale notturno, le membra pallide e lampeggianti della folla che si agitavano intorno a loro.

"E se cerca di uscire?" disse Dev.

"Per questo stanotte rimango qui."

"C'è della roba in cantina. Attrezzi."

"Attrezzi?"

"Cose che potrebbe usare come armi."

"Tipo quel computer dal culo grosso? Potrebbe fartelo cadere sul piede," disse Gabe. Guardò Dev.

"Non preoccuparti di quel ragazzo," disse. "Farà quello che gli diciamo di fare. Non saremmo nemmeno arrivati fin qui se non avesse fatto quello che gli dicevamo di fare."

In cucina Dev si versò una ciotola di Coco Pops e li mangiò da solo seduto al tavolo, masticando con cura e smettendo ogni volta che gli sembrava di sentire un rumore provenire dalla cantina; ogni volta trattenne il respiro, con un boccone di cereali sminuzzati appeso tra le fauci immobili, e fissò la porta finché non fu sicuro che non fosse niente.

Non riusciva a credere che là sotto ci fosse una persona.

Chissà se i due Ferdia lo avevano legato. O minacciato. O ferito. Si immaginò di tornare in salotto, chiedere la chiave a Gabe, aprire la porta del seminterrato e dire al ragazzo di andarsene.

Continuò a mangiare i suoi Coco Pops.

Nella casa era piombato il silenzio. Georgie si era sistemato nella sua cesta vicino alla porta sul retro e aveva ripreso a sonnecchiare.

Pur sapendo che non aveva senso – perché era notte fonda ed erano passate solo poche ore da quando i due Ferdia avevano rapito il ragazzo, e anche se qualcuno avesse assistito a quell'evento e avesse immediatamente allertato la polizia, e la polizia avesse a sua volta immediatamente allertato la stampa, non era possibile che avessero già pubblicato un articolo – Dev controllò comunque i siti web di tutti i giornali locali e regionali, per avere conferma che non si parlava ancora di un ragazzo scomparso.

Quando fu sicuro che non c'era nulla, cercò JACK RUSSELL VOLPINO POLMONI DEBOLI e JACK RUSSELL VOLPINO PROBLEMI RESPIRATORI. Trovò diversi post che mettevano in guardia sulla predisposizione di questi incroci ad avere problemi di salute, ma ancora di più erano quelli che insistevano sull'esatto contrario, ovvero che questi incroci erano cani sorprendentemente robusti e resistenti. Mentre Dev continuava a scorrere, Georgie uscì dalla sua cesta e cominciò a zampettare avanti e indietro accanto ai piedi di Dev, emettendo il rauco implorante lamento che voleva dire che aveva bisogno di andare in bagno. Anche Dev aveva bisogno di pisciare. Chiuse il portatile, sbadigliò e si strofinò il viso. Sentiva che la pillola stava cominciando a fare i suoi trucchetti sedativi, calmando il sangue e addensando i pensieri, facendoli rallentare e sedimentare come limo sul fondo della sua mente sempre più buia.

Fece uscire il cane dalla porta sul retro. Non pioveva più. L'aria notturna aveva quell'odore pulito e pietroso che si sente dopo la pioggia. Georgie trotterellò nel giardino e Dev lo seguì. Il giardino era grande e vuoto, delimitato da un muro di cemento, ora invisibile nel buio. Dev si inoltrò per un buon tratto nell'erba. Non esiste un buio come il buio della campagna, l'oscurità intorno alla casa era così totale che guardando i campi dietro non riusciva a capire dove finisse la terra e iniziasse il cielo. Era tutto vuoto. In fondo al giardino si voltò indietro e guardò la casa. Il rettangolo solitario e ardente della finestra della cucina proiettava un lembo di luce sul prato, ma Dev si trovava ben al di là della portata del suo bagliore. Si tirò fuori l'uccello. Sentiva Georgie vicino, che si muoveva tra l'erba, cercando il posto dove urinare. Mentre pisciava inclinò la testa all'indietro e guardò in alto. Lassù, nelle zone più lontane e pure del cielo, le stelle si espandevano nitide e luminose fino a quando gli sembrò di poter allungare una mano e toccare i loro freddi nuclei fosforescenti. L'arco del suo flusso caldo vacillò e si esaurì. Diede una scrollata e tirò su la zip.

Rimase lì per un po', ma sapeva di non avere altro posto dove andare se non di nuovo in casa.

"Adesso sì che siamo nella merda, Georgie," disse nel buio.

2.

Nicky Hennigan era seduta in macchina nel vialetto di casa English, in attesa di Doll e della mamma di Doll, Sheila. Era reduce da un turno di otto ore al bar del Pearl Hotel, stanca morta dopo una settimana di turni simili, e in quel momento era contenta di non fare altro che masticare il bordino di plastica del cordoncino del cappuccio della felpa e guardare senza pensieri la siepe del vialetto. Lì, in mezzo alla siepe ordinata di ligustro spuntato, vide quello che vedeva sempre: i pannelli grigi e raggrinziti, nascosti per tre quarti, di un antico pallone da calcio Umbro. Nicky usciva con Doll English da quasi due anni e quel pallone era sempre rimasto lì dentro. Chissà per quanto tempo ancora avrebbe dovuto guardarlo.

La porta di casa si chiuse rumorosamente e Doll attraversò il prato fino al vialetto. Batté una nocca contro la finestra e lei trasalì, lasciando cadere il cordoncino del cappuccio dalla bocca, e tirò giù il finestrino.

"Fammi guidare," disse Doll.

"Guiderai quando hai la patente," disse Nicky.

Doll fischiò a mo' di finta esasperazione e si avvicinò al lato del passeggero. Salì e si sporse sopra il freno a mano per baciarla; emanava un odore possente di dopobarba ed erba. Nicky girò il viso, in modo che le sue labbra trovassero la guancia. Se Doll se ne accorse non lo diede a vedere.

Abbassò l'aletta parasole e fece un'espressione straziata – mascelle serrate e denti scoperti – nel piccolo rettangolo dello specchietto. Sollevò il mento, lo inclinò da una parte e dall'altra, valutando la peluria sparsa del collo, ed emise un fischio basso e ammirato. Questa pantomima di vanità, Nicky lo sapeva, aveva lo scopo di farla sbottare.

"Questo ragazzo si ama, direi" disse Nicky, stando al gioco.

"Qualcuno deve pur farlo," disse Doll.

"Dov'è tua madre?" chiese Nicky, puntando lo sguardo sulla porta di casa.

"Sai che si agita prima di queste riunioni." Doll abbassò la testa e con la punta delle dita fece qualcosa di vago e incomprensibile alla frangia.

Nicky soffocò uno sbadiglio e le si appannò la vista. La siepe si offuscò. Sbatté le palpebre finché non ci vide di nuovo chiaro.

"Da quanto tempo è che quel pallone è lì dentro?" disse.

"Eh?" grugnì Doll.

"Ogni volta che sto qui ad aspettarti guardo quel pallone incastrato lì dentro."

"Ah," disse, "è lì da sempre. Cillian me l'ha tirato in testa quando avevo tipo cinque anni e si è incastrato lì."

"Quel pallone è lì da quando avevi cinque anni?"

Doll osservò la siepe fingendo interesse, il pallone avvizzito appeso come un teschio senza mascelle.

"È sgonfio," disse, "non si può più usare."

"A doverlo guardare ogni giorno diventerei pazza."

"In tutta sincerità," disse lui, "me ne accorgo solo adesso che me lo dici tu. Di solito non lo vedo proprio."

"Ogni giorno, stesso punto, sempre lì. Come si fa a non vederlo?" insistette Nicky.

"Lo vedo adesso," disse Doll sulla difensiva.

La porta di casa sbatté di nuovo e uscì Sheila English.

Era una donna minuta e piccola, ma quando si muoveva dava tutt'altra idea. Portava occhiali scuri e una tuta Reebok bianca e blu che Nicky era quasi certo fosse di Doll. Sheila andò dritto verso il lato dell'auto in cui era seduto il figlio.

"Scendi," ordinò.

Doll mugugnò di nuovo ma scese in fretta, spostò in avanti il sedile del passeggero e si infilò sul sedile dietro.

"Eccola qui," disse Sheila, scivolando accanto a Nicky. "Sei appena uscita dal lavoro, cara?"

Sotto la felpa, Nicky indossava una camicia grigia con il ricamo *The Pearl Hotel Bar & Restaurant* sul taschino, pantaloni grigi e scarpe da ginnastica nere.

"Appena adesso, sì."

"Questo finesettimana con il festival non avrai un attimo di tregua."

"Ci sono un sacco di prenotazioni in albergo, vero," disse Nicky. "Dopo stasera vado dritta fino a lunedì."

"Dio ti ama, ragazza, non ti fermi mai," disse Sheila, "e per giunta mi porti in città, che brava che sei."

"Sono di strada, Sheila," disse Nicky mentre accendeva l'auto e inseriva la marcia.

Sheila e Doll abitavano sulla strada per Killala, a diversi chilometri dalla città di Ballina. Il sole brillava fragile in un cielo di nuvole grigie mentre superavano il vecchio Killala Bay Hotel, chiuso da anni. Sui campi da tennis davanti le reti erano ancora tirate, le maglie cadenti e sfilacciate come filo interdentale usato. Poi fu il turno delle colline basse e di un ampio tratto pianeggiante di palude. Nei campi erano visibili arterie scure di erba dove erano stati scavati lunghi canali nella torbiera. Lungo uno dei viottoli era parcheggiata un'auto con un rimorchio multiuso, un cane sul cofano dell'auto guardava un uomo e un bambino che smuovevano zolle di torba e le gettavano nel rimorchio. Il bambino indossava guanti color calendula, gialli come le ginestre che si infiammavano in grappoli puntuti lungo le colline. Poi la torbiera sparì ed entrarono in città. Lungo il ciglio della strada si moltiplicarono case ed edifici commerciali. Passarono davanti alla concessionaria di auto di Faughnan, a una stazione di servizio Applegreen con un Supermac, a un deposito di camion, alla strada transennata che portava a un centro commerciale costruito ai margini di Belleek Wood.

"Come sta tuo fratello?" disse Sheila.

"Connor è occupatissimo come al solito," disse Nicky.

"Per forza. Dov'è adesso, in Inghilterra?"

"L'ultima volta che l'ho sentito era a Groningen. È stato un paio di giorni fa."

Connor era il fratello maggiore di Nicky. Aveva venticinque anni. Era stato il tutore legale di Nicky per sei anni, da quando erano morti i genitori. Da due anni Connor guidava camion per una società di trasporti e spesso passava settimane in giro per il Regno Unito e l'Europa. Quando Connor era via, come adesso, Nicky preferiva stare in giro, anche se alla fine era stanca e irritabile. Lei e il fratello vivevano in un appartamento dall'altra parte della città, ma quando era da sola le riusciva difficile stare lì.

"Groningen," disse Sheila. "E dov'è? In Belgio?"

"È in Olanda, mamma," disse Doll.

"Scusate, la geografia non è il mio forte, ma complimenti a Connor. Sono altri gli esemplari," disse Sheila, "che soffrono di una certa mancanza di entusiasmo."

"Io ho grande gusto," disse Doll. "Sono pieno fin qui di entusiasmo."

"Sei pieno fin qui di qualcosa."

"Sai che con quegli occhiali sembri un'informatrice della polizia?"

"Li devo tenere su," disse Sheila, toccando la montatura e aggiustandosela. "Temo di dovermeli tenere, gli occhiali."

"Hai avuto ancora mal di testa in questi giorni?" chiese Nicky, pur conoscendo la risposta. Sheila portava gli occhiali per volere del medico. Soffriva di sensibilità alla luce. La troppa luce, la luce diretta, la luce oltre una certa intensità le scatenavano l'emicrania.

"Ho dovuto prendere un betabloccante prima di uscire, perché sentivo che mi veniva su qualcosa nella nuca," disse Sheila. "Ormai riconosco l'aura prima che inizi."

"L'aura?" disse Nicky.

"È uno sviluppo recente," disse Sheila. "L'aria è diversa. Le cose diventano sfocate, c'è una specie di bagliore. Se guardo una luce inizia a diminuire e poi ad aumentare, come se qualcuno stesse trafficando con la rotellina. È il sistema di allerta precoce che entra in funzione. È così che mi accorgo che è in arrivo l'emicrania. Mi piomba addosso l'aura."

"In questi giorni le magagne di mia madre hanno una piega molto mistica," disse Doll.

"Un'altra banalità non richiesta dal sedile dietro," disse Sheila. "Fa così anche con te, Nicky? Commenta in continuazione ogni parola che ti esce di bocca?"

"Lo sa che con me non deve nemmeno provarci," disse Nicky.

"Cosa fate stasera?" chiese Sheila.

"Non so, magari andiamo a guardare i fuochi d'artificio," disse Doll.

"I fuochi d'artificio e poi?"

"Cannon ha invitato un po' di persone a casa sua. Penso che faremo un salto lì."

"Casa di Cannon. Quante sono un po' di persone?"

"Non lo so, mamma. Magari se glielo chiedi gentilmente Nicky le conta."

"Molto divertente. Stai da noi stanotte, Nicky?"

"Sì," rispose Doll.

"Solo per saperlo," disse Sheila. "Nicky sa che è sempre la benvenuta."

"Lo so, Sheila," disse Nicky, ma l'attenzione di Sheila era già tornata al figlio.

"So che vedrai tuo fratello, e non dire il contrario," disse Sheila.

"Perché dovrei dire il contrario?" disse Doll.

"Hai scelto di omettere il dettaglio."

"Non l'ho omesso. Non pensavo che valesse la pena di dirlo," disse Doll. "Ma sì, magari faccio un salto da Cillian. Perché no?"

"Nessuna legge lo vieta."

"Potresti sempre vietarmelo tu."

"Potrei, ma se lo facessi ti verrebbe ancora più voglia di stare con quello là e la sua gente."

"La sua gente!" sbuffò Doll.

"So benissimo che tipo di gente va a casa sua. Quella è una casa incasinata."

"Cillian è un adulto," disse Doll, "a casa sua può ospitare chi vuole."

"E quella donna che gli permette di fare quello che vuole," disse Sheila, alludendo a Sara Duane, la compagna di Cillian. "Pensavo che avesse un po' più di buonsenso."

"Non tutti sono un baluardo di buonsenso come te, madre."

"Non so come fa a sopportarlo," brontolò Sheila, "ma c'è della gente che ha un carattere che non vuole regole. Il lavoro che fa, per esempio, io non capisco come si fa a guardare tutto il giorno in bocca alla gente. Non fa bene."

"Però è un'assistente, no?" disse Nicky. Sapeva che Sara lavorava in uno studio dentistico in città. "Non è che faccia proprio la dentista."

"Gli assistenti devono sciacquarti la bocca con quei piccoli getti," disse Sheila, "devono pulire gli strumenti.

Grazie, ma preferirei dover tirare fuori chicchi di mais dalla cacca dei bambini."

"In questi giorni non c'è chissà che movimento in casa sua," disse Doll. "Cillian sta mantenendo un basso profilo."

"Ah sì?" disse Sheila.

"Sì," disse Doll. "Vai a trovarlo e vedrai."

Sheila grugnì e rivolse la sua attenzione alla città che scorreva fuori dal finestrino. Erano a Ballina centro. Nicky fece la piccola rotatoria ai Dunnes Stores e prese la Main Street. In Main Street trovarono una piccola coda e a scatti passarono davanti a pub e caffetterie in franchising, alla filiale dell'AIB e alle facciate di negozi locali ormai agli sgoccioli: SARTORIA MACKIN, SCARPE BURKES, CUDDY EDICOLA E FARMACIA. La città era più affollata del solito per essere venerdì pomeriggio, come prevedibile. La Festa del Salmone, una celebrazione annuale che durava una settimana ed era il più grande evento locale dell'anno, avrebbe preso ufficialmente il via un po' più tardi con uno spettacolo pirotecnico sulle banchine, anche se, in modo informale, i festeggiamenti erano già cominciati: lungo i marciapiedi e nei vicoli che si affacciavano sull'arteria principale c'erano file di bancarelle con i prodotti esposti, e tende e telai di altre bancarelle in costruzione. Nicky vide ammassi di salsiccia stagionata, forme e spicchi di formaggio, crostate in vassoi di stagnola, maglieria, barattoli di composta, birre locali o presunte tali. Una folla di adolescenti e giovani famiglie. Gruppi di ragazzi, arrivati lì presto, stazionavano all'ingresso dei pub, bevendo birra in bicchieri di plastica e scrutando il vivace frastuono della strada con i sorrisi fissi e le guance arrossate di innocente connivenza, le braccia conserte come contadini anche quando si avvicinavano per parlarsi a mezza bocca e poi ridere in silenziosi spasmi sornioni.

"Allora, Nicky," disse Sheila, smettendo di guardare dal finestrino, "non permettere a questo qui di farti star sveglia fino all'ora beata. Oggi hai lavorato tanto. Hai l'aria stanca."

"Grazie, eh," disse Nicky.

"Oh, lo sai cosa intendo!" disse Sheila. "Sei una ragazza splendida, ma quando si è stanche non c'è nulla di male a sembrare stanche."

"Non preoccuparti per Nicky, mamma," disse Doll, "non fa mai niente se non ha voglia."

"Da quello che vedo passa un sacco tempo a fare da autista a te, e poi, povera ragazza, deve pure portare in giro me: non sono proprio cose in cima alla lista di quello che una ragazza non vede l'ora di fare."

"Non è un disturbo, Sheila," disse Nicky. Ogni volta che le dava un passaggio partiva una versione di questo rituale: Sheila si lamentava di essere una rompiscatole e costringeva Nicky a dire che non era vero.

"Guardate che coppia," disse Doll, sporgendosi tra i sedili davanti per vedere meglio.

Davanti al takeaway cinese Silver Lantern c'era un ragazzo alto e magro con il pizzetto e una giacca di pelle malconcia ricoperta di schizzi di vernice psichedelica che stava mangiando patatine al curry da un vassoio, mentre con una mano teneva una corda legata al collo della capra che gli stava accanto. La capra aveva occhi gialli e luminosi. Le corna erano falci nodose che uscivano dal piccolo cranio bianco.

"Pensavo che solo i cani seguissero i loro padroni."

L'uomo e la capra avevano in comune la faccia allungata e baffuta.

"Questo festival attira dei begli elementi," disse Sheila.

"Il festival è divertente," disse Doll.

"E chi la tira su la merda di quell'animale quando sarà per tutta la strada?"

"Io no, e nemmeno tu, mamma."

Da Main Street Nicky svoltò su Convent Hill e superò la scuola secondaria femminile. Quando raggiunsero l'ospedale passarono vicino a una fila di piccoli bungalow tutti dipinti nella stessa squallida tinta istituzionale. Quelle casette erano note in zona come le Unità. Erano residenze che ospitavano persone in cura psichiatrica a lungo termine. Dietro le Unità c'era un grande edificio a due piani. Al piano di sopra c'erano vari uffici. Nel seminterrato si trovavano una clinica e vari gruppi di sostegno, tra cui un gruppo di consulenza per i familiari degli alcolisti. Era lì che Nicky stava portando Sheila. Sheila andava a quegli incontri non molto spesso, ogni tre mesi circa, da quando il padre di Doll e Cillian, Vincie, li aveva abbandonati ed era andato all'estero.

Sheila era contro il finestrino e scrutava la stradina che portava alla clinica. Non c'era nessuno in giro, a parte un uomo seduto sui gradini che fumava una sigaretta. Nicky avvertì il suo sguardo fisso mentre parcheggiava.

"Chissà se oggi c'è qualcuno, con il festival e tutto," disse Sheila.

"Se vuoi andare vai, mamma," disse Doll.

Sheila guardò Doll, aggrottò le sopracciglia come se volesse dire qualcosa, poi ci ripensò e scosse piano la testa.

"Informatrice della polizia," borbottò, e aprì la portiera.

"Allora in bocca al lupo," disse Nicky.

Sheila scese dall'auto e l'uomo sui gradini alzò la mano come in attesa, la sigaretta tutta storta tra le dita, pronto a salutarla se lei avesse deciso di guardare dalla sua parte. Ma lei non guardò. La sua piccola figura risoluta prese i gradini che scendevano ed entrò dalla porta del seminterrato.

"È agitata," disse Nicky.

"Te l'ho detto," disse Doll.

Nicky sentì il clic di un accendino e un pennacchio di fumo che le passava sopra la spalla. Si voltò e vide Doll che tirava con impegno dal mozzicone di una mezza canna, la ciliegia di cenere ravvivata che si affievoliva e si riprendeva, come una specie di intervento di rianimazione.

"Non prende," disse Nicky.

"Aspetta," disse Doll a denti stretti, mentre tirava e tirava, poi la ciliegia s'infiammò e infine si mantenne stabile.

"Salva per un pelo," disse.

Nicky lanciò un'altra occhiata ai gradini dove Sheila era scomparsa.

"Perché va a quelle riunioni se si agita?"

Doll strizzò gli occhi per il fumo.

"Non lo so," disse. "Per crearsi dei problemi. Se lo fa vuol dire che è quello che vuole. È tipo quando ti gratti una crosta."

"Io non voglio grattarmi le croste, però lo faccio lo stesso," disse Nicky, indicando la canna.

"È proprio questo il punto," disse Doll.

"Brucia," disse Nicky dopo aver tirato una boccata ed essersi scottata la gola, "c'è giusto rimasto un tiro."

"Finiscila tu."

Nicky fece un ultimo tiro e gettò la canna dal finestrino mentre Doll spostava in avanti il sedile, usciva dall'auto e risaliva vicino a lei. Sbatté la portiera e il rumore parve attivare l'uomo sui gradini, che si alzò, buttò la sigaretta e venne verso l'auto.

"Chi è questo cazzone?" si lamentò Doll.

L'uomo, adesso che era in piedi, era molto alto. Dimostrava una cinquantina d'anni, pelato ma con una stoppia gessosa di capelli grigi che gli girava intorno alla testa. Indossava un ampio giubbotto sportivo sopra la maglietta, pantaloni a coste marroni che non si intonavano al giubbotto, un paio di scarpe da tennis grigio topo a brandelli con i lacci allentati. Quando arrivò all'auto strizzò gli occhi per guardare prima Nicky e poi Doll dal vetro, si avvicinò al lato di Doll e rimase lì, in attesa, finché Doll non abbassò il finestrino.

"Tutto bene?" disse Doll.

"Sì," disse l'uomo. "Avevo ragione."

"Su cosa?"

"Ora che ti vedo da vicino, posso dire che assomigli un casino a una persona. È tua madre quella che è appena entrata?"

"Sì."

"Devo dire che quella signora non la conosco. Ma la tua faccia sì che la conosco. Conosco tuo padre, ci scommetto, solo che mi serve un indizio. Come ti chiami?"

"Come mi chiamo?" chiese Doll.

"Se non ti dispiace."

Dubbioso, Doll guardò Nicky e poi di nuovo l'uomo.

"Donal," disse.

"Donal come?"

"English."

"Ah, ecco!" disse l'uomo allegramente. "Tuo padre è Vincie English."

"Sì."

"Lo conoscevo s English, ai tempi. Adesso non più tanto, ma era uno che si faceva notare. È andato, giusto?"

"È un po' che se n'è andato," ammise Doll.

"Mi chiamava Sergente quando finiva sul mio taxi."

"Sergente?"

"Avevo un taxi, e prima di guidare ero nelle guardie. Non sono mai arrivato nemmeno vicino al grado di sergente, ma è così che mi chiamava Vincie. Gesù, era un campione di bevute," disse l'uomo scuotendo la testa. "Io col taxi ero in giro a tutte le ore e una notte ero parcheggiato nel vicolo di fianco al Tesco, dormivo sul sedile dietro, come sempre tra una chiamata e l'altra. Saranno state le quattro del mattino. Mi sveglio con un'immensa voglia di... scusate, di fare la pipì, così scendo e la faccio contro il muro del vicolo. Quando stavo per risalire in macchina mi sono preso lo spavento più grande della mia vita. C'era il corpo di un uomo incastrato sotto le mie ruote davanti. Per un attimo ho pensato oh Gesù, ho tolto il freno a mano nel sonno e ho investito un povero cristo, ma poi mi sono reso conto che il tizio sotto le ruote stava russando. Era Vincie, si era ficcato sotto il motore per tenersi al caldo, come un gatto randagio. Signore! È stato fortunato che la natura mi ha chiamato, perché altrimenti salivo in macchina senza vederlo e gli passavo sopra di sicuro. Puzzava di alcol e quando sono andato a svegliarlo si è arrabbiato, nemmeno fossi entrato in casa sua e cercassi di buttarlo giù dal letto."

"Be', interessante," disse Doll in tono piatto.

"Robe da matti," disse l'uomo. "E dove hai detto che è andato?"

"Non l'ho detto," disse Doll. Nicky vide che Doll irrigidiva la mascella. "È all'estero, in un posto che si chiama Calgary."

"Dove si trova?"

"Canada."

"Com'è?"

"Non lo so."

"Non ci sei mai stato?"

"No."

"Da quant'è che è là?"

"È un po' che se n'è andato."

"Cosa vuol dire un po'?"

"Non so. Cinque anni."

"Cinque anni e non sei ancora andato a trovarlo?"

"Non me l'ha mai chiesto."

"E cosa l'ha portato lì?"

"C'era già stato negli anni ottanta, a lavorare nei giacimenti petroliferi."

"E quindi adesso fa quello?"

"Non so cosa fa adesso", disse Doll. "Fa il campione di bevute, immagino."

"Ah," disse l'uomo con dolcezza, quasi dispiaciuto, ora che la sua curiosità era stata soddisfatta.

"Sei in ritardo, se devi andare lì," disse Doll, facendo un cenno verso le scale del seminterrato.

"Oh, io non c'entro niente con quella roba lì," disse l'uomo. "Io qui ci abito."

"Cioè?" chiese Doll.

"Cioè abita nelle Unità," disse Nicky.

L'uomo inclinò la testa per guardare meglio Nicky.

"La ragazza ha ragione," disse. "Sono rinchiuso lì dentro con le povere creature che parlano con Dio."

"Oh," disse Doll. Nicky vide un sorriso di insolente sollievo insinuarsi sul volto di Doll.

"Le creature che sentono Dio, dovrei dire," continuò l'uomo. "Non c'è niente di male a parlare con Dio. Vuol dire fargli le domande che si devono fare ad alta voce, e non c'è nulla di male, lo fanno in tanti, lo faceva anche mia madre. Il problema è quando Dio comincia a rispondere."

"Quello è veramente un problema," concordò Doll tutto allegro.

"Non è colpa di nessuno. La mente funziona con i segnali che riceve, lo sai? Il rumore è tutta un'altra faccenda. I calcoli che si fanno. Questa signora sa di cosa sto parlando."

"Certo," disse Doll, "lei pensa soltanto ai segnali che riceve."

Nicky stava pensando. Qualcosa nella combinazione di mestieri che l'uomo aveva appena citato – poliziotto, tassista – le aveva fatto suonare un campanello d'allarme. Ricordava una storia che girava anni prima su un tassista che faceva la guardia. Un caso che aveva coinvolto una donna. La donna era un'insegnante di Muredach, ai tempi di quando Cillian studiava. Era stata rapita e aggredita, qualcosa di terribile del genere.

"Donal English," continuò l'uomo. "Ti ho visto seduto qui e mi sono detto: 'Quella faccia la conosco.'"

L'uomo tirò fuori il portafogli e un paio di banconote.

"Mi faresti un favore, giovane English? La conosci la sala scommesse in Main Street, vicino all'Horan's pub. C'è un cane che corre alle 8.15 a Clonmel stasera. Vammi a scommettere venti euro."

"Su un cane," disse Doll.

"Digli che è per Martin Hendrick," disse l'uomo allungando il braccio dentro la macchina e ficcando le banconote in mano a Doll. "Mi conoscono. Sanno che a volte mando gente a scommettere per me. Il cane si chiama Perilous Endeavour. Corre nella gara delle 8.15 a Clonmel. La quota è di uno a sette. Al banco ti daranno una scheda. Tu gliela restituisci e gli dici di tenerla a mio nome. Martin Hendrick. Sergente Martin Hendrick, come direbbe il povero vecchio Vincie."

"Perché non ci vai tu?"

"Oh, potrei," disse Hendrick, "ma ci sono attività che qui non vedono di buon occhio. Non che non mi sia permesso di farle, a essere precisi, ma sono disapprovate. E anche se uno cerca di fare le sue cose in città, la voce poi qui arriva sempre."

Doll guardò impotente le banconote che aveva in mano.

"Mi hai dato venticinque euro," disse.

"I cinque sono per il disturbo."

"E se io me li intasco e non mi vedi più?"

"Pazienza."

"Senti, amico, non ho tempo."

Doll cercò di restituire il denaro, ma Hendrick si allontanò dal finestrino.

"Ti ci vorranno due minuti," disse.

Doll guardò Nicky, tornò a guardare i soldi, poi schioccò la lingua, scontento e rassegnato.

"Ti dico che non ho tempo, amico, quindi non dare la colpa a me se più tardi vai lì e ti dicono che la scommessa non è mai stata piazzata."

"Perilous Endeavour," disse Hendrick con un sorriso. "8.15."

Nicky e Doll rimasero in silenzio a guardare Hendrick che senza fretta tagliava in diagonale attraverso le aiuole e s'infilava in un bungalow, abbassando il capo per non sbattere la testa.

Nicky accese l'auto e ripassò davanti alle Unità, verso l'uscita.

Doll scoppiò a ridere.

"Che cazzo è successo?" disse.

"Non lo so," rispose Nicky.

"Dimmi che l'hai visto anche tu, quel tipo. Dimmi che non ho avuto un'allucinazione."

"È tutto vero."

Doll sventolò le banconote.

"Ho i suoi soldi, quindi deve essere vero. Mi ha chiesto sul serio di fare una scommessa per lui?"

"Tu hai cercato di evitare," disse Nicky. "Gli hai detto che non l'avresti fatto."

"E poi ha tirato in ballo mio padre. Gli è andata bene che non sono sceso e non l'ho preso a calci quando ha iniziato con la sua storiella."

"Quell'uomo è in cura. Non darei troppo peso a quello che dice."

"Sparlare del mio vecchio quando è lui che vive in un manicomio. Hai visto i vestiti? Erano della San Vincenzo, e non aveva la cintura. Anche la cerniera era giù. Pensavo che da un momento all'altro avrebbe dato spettacolo."

"La smetti?" sorrise Nicky.

Doll sventolò di nuovo le banconote.

"Quel vecchio cazzone svitato voleva solo che gli piazzassi la scommessa."

Stavano aspettando fermi al semaforo all'incrocio con Main Street. Accanto a quello che era stato un negozio di dischi un uomo con un grembiule macchiato stava cucinando hamburger e salsicce su un carrello per il barbecue allestito come un treno a vapore d'altri tempi, con il fumo che vorticava in getti bianchi e brillanti dal beccuccio del camino del carrello. Un bambino tracannava Coca-Cola da una lattina rossa come una mela. Un uomo sui trampoli, con un completo sgualcito e una maschera gigante di cartapesta modellata per imitare i lineamenti rugosi di un vecchio, brandiva una pinta di Guinness di cartapesta grande come una custodia di violino e barcollava come un ragno per la strada, in una pantomima di ebbrezza.

Il semaforo scattò sul verde e Nicky svoltò di nuovo in Main Street.

"Le creature che parlano con Dio," disse Doll. "Ha detto così?"

"Credo di sì," disse Nicky.

"A proposito di misticismo," disse Doll.

Mentre Nicky percorreva Main Street, Doll guardò la fila di auto parcheggiate lungo il marciapiede.

"Accosta qui," disse.

"Cosa?"

"C'è un posto," disse Doll, "accosta, così faccio il favore a quel cazzone."

Nicky vide l'ingresso dell'Horan's pub e un paio di porte più in là la sala scommesse. Si fermò nello spazio indicato da Doll. Lui le lanciò un'occhiata sprezzante e implorante prima di saltare fuori dall'auto e infilarsi nell'ingresso della sala scommesse. Nicky tenne il motore acceso. L'uomo sui trampoli li aveva seguiti lungo Main Street e Nicky guardò la figura altissima avvicinarsi e poi fingere di scartare verso un gruppo di pedoni, come se stesse per piombare su di loro, poi deviare all'ultimo momento in mezzo al marciapiede e continuare per la sua strada.

3.

A detta di tutti, Cillian English da giovane era tremendo. Risse, furti, alcol e droghe, bigiava scuola fino a quando la scuola non lo cacciò. A diciassette anni rubò un'auto e tamponò un camioncino dei gelati parcheggiato nel vialetto di casa del proprietario alle due del mattino. L'incidente fu deliberato e vendicativo: una settimana prima il gelataio si era rifiutato di servire un Cillian estremamente fumato e un paio di suoi compagni altrettanto su di giri dopo che questi si erano ritrovati senza volerlo nel bel mezzo di una festa di compleanno per bambini nel parco dove il gelataio distribuiva coni ai bambini. Gli altri due ragazzi riuscirono a darsela a gambe, ma l'airbag di Cillian non si aprì e lui si ruppe la clavicola contro il volante, e dovette aspettare piegato in due dal dolore sul prato l'arrivo della polizia mentre l'uomo, sconcertato e in pigiama, si dava il cambio con la moglie a insultarlo. Cillian ottenne la sospensione della pena e fu mandato in comunità terapeutica. Il periodo di disintossicazione gli permise di entrare in contatto con una categoria di delinquenti di alto livello e lo spinse a cambiare strada, nel senso che una volta uscito passò dall'abuso di droghe a scopo ricreativo allo spaccio. Quando suo padre se ne andò, Cillian era ormai un affermatissimo spacciatore locale, sempre più sfacciato, tanto che Sheila presto non fu più in grado di controllarlo. Gli disse che se non smetteva di vendere droga avrebbe dovuto andarsene. Così lui se ne andò.

Cillian allora aveva ventidue anni. Sara Duane ne aveva dieci di più. La casa a Glen Gardens era sua grazie al fallimento del matrimonio con un droghiere donnaiolo, aveva un lavoro sicuro e nei finesettimana le piaceva sballarsi. Cillian era il suo spacciatore. A quel punto non c'era una storia fra loro, ma Cillian, con fiuto da opportunista in vista di un potenziale vantaggio, si presentò alla porta di casa di Sara dicendole che aveva bisogno di un posto dove stare per un paio di giorni. Tre anni dopo era ancora lì.

Glen Gardens era sorto all'inizio degli anni duemila, un quartetto di brevi viali senza uscita disposti a ferro di cavallo che ospitavano gruppi di case bifamiliari a un piano, tutte uguali. Era una zona benestante, gli altri abitanti erano perlopiù giovani famiglie con la monovolume. La casa di Sara si trovava alla fine di una delle stradine chiuse.

Una volta sistemato, Cillian iniziò a spacciare direttamente da lì. I suoi clienti andavano a comprare e poi restavano nei dintorni a fumare e sniffare metà di quello che avevano comprato e poi compravano dell'altro per tornare al punto di partenza. A quel punto Nicky usciva già con Doll e aveva avuto modo di vivere la casa in prima persona. L'atmosfera era quella di una festa perenne, continuamente improvvisata, che ogni tanto si infiammava e non finiva mai, con playlist che facevano a gara fra loro e che uscivano da stanze diverse, un banco di fumo che stazionava fisso in salotto, ragazzi con gli occhi a spillo che bussavano alla porta a tutte le ore. Le cose erano andate avanti così fino a un anno prima, quando Cillian d'un tratto aveva smesso di spacciare. Con la scomparsa della droga se n'erano andati anche i clienti. Quello che Doll aveva detto a sua madre era vero: la casa di Sara e Cillian non era più una casa incasinata.

Fu Sara ad aprire la porta.

"Eccoli qui," disse con un'aria un po' stravolta. Aveva i capelli biondo ghiaccio con lunghe radici nere raccolti in uno chignon e portava ancora il camice da lavoro blu. Puzzava di sostanze chimiche. "Scusate, sono appena rientrata."

"Dov'è il pazzo?" chiese Doll.

"La Bella Addormentata è in soggiorno," rispose Sara.

Doll spinse la porta del salotto e Nicky lo seguì. Le tende erano tirate, la televisione spenta. Cillian era seduto sul divano a braccia conserte, la testa abbandonata sul petto, un posacenere a forma di conchiglia appoggiato sul ginocchio con un mozzicone di canna dentro. Dormiva profondamente, l'unico rumore nella stanza era il russare che gli sfuggiva dal naso in frastagliati scoppiettii combustivi, come ceppi che sputano nel fuoco.

"Cillian," disse Doll.

Le spalle di Cillian sussultarono e la sua testa si alzò di scatto. Il posacenere saltò sul ginocchio ma non cadde.

"Sì," mormorò, sbattendo gli occhi nella penombra finché non vide Doll e Nicky.

"Allora," disse.

"Sembri fuori di te, amico," disse Doll.

"Lo sono."

Sorrise e tossì, si schiarì la gola e si massaggiò il viso. Era pallido e non rasato, i capelli unti spinti all'indietro, in disordine, come se ci avesse passato continuamente la mano. Aveva occhiaie azzurro pallido tipo gesso da biliardo.

"Dorme in pieno giorno e poi non riesce a dormire la notte," disse Sara dall'ingresso.

"Sei peggio della mamma," disse Doll.

"Non dirlo nemmeno per scherzo," disse Cillian. "Mamma e i suoi disturbi. Come sta quella donna?"

"L'ho appena accompagnata a una riunione."

"Ci va ancora?"

"Sicuro."

"Complimenti."

"Era preoccupata perché venivo qui."

"Ah sì?" disse Cillian. Tossì e si schiarì di nuovo la gola, spostò il posacenere dalle ginocchia al tavolino, accarezzò il tessuto logoro dei jeans e si mise più diritto. "Spero che tu le abbia detto che sto benissimo."

"Le ho detto di venire a vedere di persona."

"E lei?"

"Oh, lo sai."

"Lo so," disse Cillian. "Entrate, sedetevi."

Sul divano c'era un piumone appallottolato.

"Qui ci ha dormito qualcuno?" disse Doll, raccogliendo il piumino e guardando Cillian per capire dove gettarlo.

"Ecco," disse Cillian, "buttalo lì per terra."

Doll fece come gli era stato detto.

"Il Comune," gemette Cillian, passandosi una mano tra i capelli e schiacciando i palmi contro le orbite. "Il Comune ha spostato un lampione e l'ha messo davanti alla finestra della nostra camera da letto. Posso chiudere le lamelle della tapparella finché voglio, c'è sempre questo cazzo di fascio di luce, tignoso, che riesce a farsi strada tra le fessure e che mi punta tutta la notte. E allora. A volte dormo quaggiù."

"Digli di spostarlo di nuovo," suggerì Doll.

"Dovrei spegnerlo con un mattone, questo dovrei fare."

Doll si sedette sul divano e Nicky vicino a lui.

"Come stai, Hennigan?" le chiese Cillian.

"Sto bene," disse lei.

La stanza non aveva un buon odore, e Cillian era ancora più sconvolto dell'ultima volta che erano stati lì. Sul tavolino c'era una ciotola di latte in cui galleggiavano come larve alcuni Rice Krispies pallidi, delle cartine Rizla sparse, un sacchetto di plastica pieno d'erba, una boccetta marrone di pillole e una cosa che Nicky non aveva mai visto prima:

una grande ciotola di vetro. Nella ciotola c'era un cumulo di sabbia chiara su cui erano disposte tre rocce frastagliate e scintillanti, una pianta verde scuro con viticci appuntiti, del muschio e un piccolo rastrello di legno.

Nicky si sporse, prese il rastrello e pettinò un tratto di sabbia.

"Giardino roccioso zen," disse Cillian. "La svolta."

"Davvero?" disse Nicky.

"Me l'ha preso lei. Per me. Qualche settimana fa. Prima di allora, stavo attraversando un momento nerissimo, tipo incantesimo," disse, "stavo seduto qui, tutti i giorni, a fissare il muro digrignando i denti, con l'idea di piantarmi un bullone nel cranio. Adesso ogni volta che la testa mi fa degli scherzi prendo il rastrello e comincio a fare delle piccole forme nella sabbia, e questa cosa," sollevò la mano e la tenne orizzontale nell'aria, "mi rimette in bolla in un secondo."

"Davvero?" disse Nicky.

"Giuro su Dio."

"Un bullone nel cranio," disse Sara. "Come lo devo intendere?"

"È un'idea, non devi intenderlo in nessun modo, come faccio io," disse Cillian. "Quando sei arrivata?"

"Due minuti prima di loro," disse Sara. "Quanto tempo hai dormito?"

"Lascia stare," disse Cillian, "abbiamo ospiti, vai a preparare da bere."

"Puoi anche prepararteli da solo i tuoi cazzo di drink," disse Sara, incrociando le braccia.

"Uff, dai," disse Cillian in un tono che era allo stesso tempo la parodia di una supplica e una supplica autentica.

Sara sgranò gli occhi, fece una smorfia e imboccò il corridoio.

Cillian tirò fuori il telefono e lo guardò accigliato. Nicky notò l'inclinazione strana delle spalle di Cillian dovuta alla vecchia frattura della clavicola, e si ricordò che l'ultima volta che erano venuti aveva il braccio ingessato. Si era rotto il polso e tutte le dita della mano destra in una specie di caduta, così aveva detto. Ora il gesso non c'era più, ma Nicky notò che continuava a usare la mano sinistra.

"Quella donna non si fa mai sentire, sai?" disse Cillian. "Non chiama, non manda messaggi. Sono sempre io a cercarla. E anche così risponde quando le capita."

"Lo sai che non è molto brava col telefono," disse Doll.

"Riesce a far sembrare che sia tu a trascurarla, come se fossi tu quello che non ci tiene."

"Ma anche tu non è che ti sforzi."

"Sì che mi sforzo."

"Dammi il telefono."

"Perché."

"Quando è stata l'ultima volta che l'hai chiamata?"

"Non è proprio incoraggiante sapere che tua madre non vuole parlare con te," disse Cillian.

"Ma sì che vuole parlare con te," disse Doll.

"Le mando un messaggio," disse Cillian, "le scrivo *Come stai?* e per una settimana non sento niente, e proprio quando mi convinco che è così, che ha finalmente tagliato il cordone ombelicale, mi risponde *Sto bene.* Poi non una parola finché non le mando un altro messaggio. Sto seguendo il suo esempio, ragazzo, sto mantenendo la distanza che vuole lei."

"Voi due mi fate impazzire," disse Doll scuotendo la testa.

Sara tornò con un vassoio di bicchieri pieni di Coca-Cola. Nicky bevve un sorso e la sferzata di whiskey le bruciò i seni nasali.

"È forte," disse.

"Duane ci va pesante con le dosi," disse Cillian.

"Troppo forte?" disse Sara.

"Va benissimo," disse Nicky.

"E tu come stai?" disse Sara, occupando la sedia più vicina a Nicky.

"Sto bene..." cominciò Nicky.

"Oggi ho incontrato uno che conosceva il vecchio," disse Doll, e si rivolse a Nicky. "Com'è che si chiamava?"

Nicky aspettò un attimo per vedere se Doll si era accorto di averla interrotta, ma lui continuò a guardarla, ignaro, in attesa.

"Hendrick," disse.

"Martin Hendrick," disse Doll a Cillian. "Lo conosci? Un coglione."

"Mi dice qualcosa," disse Cillian.

"Ha detto che faceva il tassista," disse Doll. "Ha detto che una notte ha trovato il nostro vecchio che dormiva sotto le ruote del suo taxi. Ha detto che l'ha quasi schiacciato."

"Peccato che non l'abbia fatto," disse Cillian sorridendo.

"La cosa divertente è che questo tizio, Hendrick, abita lì in ospedale, nelle Unità," disse Doll.

"Abita lì?"

"Mi ha fatto scommettere sui cani per lui in città," disse Doll.

Nicky bevve un sorso.

"Veramente tu lo conosci," disse a Cillian.

"Sì?" disse Cillian.

"Prima dei taxi faceva la guardia," disse Nicky. "È il tipo che aveva fatto qualcosa a quella vostra insegnante. Quella che vi piaceva e che si è trasferita."

"Miss Lacey," disse Cillian. "Insegnava tedesco. Quella sì che era una gran donna."

"Me lo ricordo," disse Sara, "Me la ricordo, quella donna."

"Cos'è successo?" disse Doll.

"È successo che una sera questa Lacey è uscita un po'

brilla dal Murphy o dal Kennedy, un pub in centro," disse Cillian. "Era da sola, così ha fatto la cosa più sensata e ha chiamato un taxi, solo che il tassista invece di portarla a casa è scappato con lei verso Luisbergh."

"L'ha portata in spiaggia al Silver Strand," disse Nicky.

"Correndo a centoquaranta e sparando mille parole al minuto sul fatto che in acqua c'era una cosa che lei doveva assolutamente vedere. Un'astronave caduta dal cielo. L'aveva vista atterrare proprio sulla spiaggia, un grande disco luminoso in fiamme, così ha detto. Si racconta che appena arrivati sulla spiaggia il vostro uomo è saltato fuori dal taxi ed è andato verso l'acqua, gridandole di seguirlo. Lacey aveva con sé il telefono ed è riuscita a chiamare il pronto intervento. Quando le guardie sono arrivate sul posto il vostro uomo era in ipotermia, mezzo annegato, sbatacchiato dall'Atlantico nel cuore della notte."

"Da morire di paura," disse Sara.

"Rachel Lacey," disse Cillian. "La chiamavamo Racy Lacey. Eravamo tutti innamorati di lei."

"E questo è l'uomo che ha deciso di venirmi a ridere in faccia parlando del vecchio," disse Doll.

"Dormire sotto le macchine," disse Cillian. "Questa mi giunge nuova."

"Capacissimo," disse Doll.

"Ti ricordi quando il venerdì sera arrivava completamente ubriaco, andava a letto e sveniva?" disse Cillian. "Lavorava per Georgie Dockery nei cantieri e Dockery pagava in contanti. Quando tornava a casa metà della busta paga era finita sui muri dei cessi dei pub in cui era stato e il resto rimaneva in ostaggio nel portafoglio."

Doll si stravaccò di nuovo sul divano.

"Mi ricordo," disse.

"La mamma a volte si arrangiava," continuò Cillian. Mentre parlava, guardava Nicky. "Si metteva carponi, si avvicinava al lato del letto e pescava il portafoglio dai pantaloni di papà cercando di non svegliarlo, ma il più delle volte mandava Doll. Allora aveva sette, otto anni, era il più piccolo, il più leggero. Entrava e usciva in un attimo, agile come una scimmia. La mamma prendeva i soldi che le servivano per la spesa e le bollette della settimana e il portafoglio tornava nella tasca del vecchio."

"Non si è mai accorto che mancavano dei soldi?" chiese Nicky.

"Probabilmente pensava di averli spesi per bere."

"A volte quando ero vicino a lui al buio, dal modo in cui respirava e tutto il resto ero convinto che fosse sveglio," disse Doll, "che sapesse che ero lì e che stesse solo facendo finta di dormire."

"Era capace di tutto," disse Cillian.

Bevve e un sibilo di soddisfazione gli sfuggì a denti stretti. Guardò Nicky e sorrise.

"Senza offesa, Hennigan," disse, "ma credo che in un certo senso i tuoi genitori ti abbiano fatto un favore a morire in quel modo. Una mamma e un papà assolutamente rispettabili, a detta di tutti, che si ammalano tutti e due di cancro in quel modo, è solo una brutale sfortuna e non è colpa di nessuno, ma il lato positivo è che a te e a tuo fratello sono rimasti solo bei ricordi e tutti sono solo rispettosi e gli dispiace per voi e questo per sempre."

Nicky sentì le viscere che si tendevano come fil di ferro.

"Sì, siamo stati fortunatissimi," disse.

"Cillian," disse Doll.

"Che cazzo di cosa ignorante hai appena detto," disse Sara, alzandosi dalla sedia. Aveva gli occhi lucidi e sembrava pronta a lanciare il drink in faccia a Cillian, solo che il bicchiere era già vuoto.

"Io sono ignorante!" disse Cillian. "Non mi sentirete mai dire il contrario. Scusa se sono stato insensibile, Nicky."

"Non preoccuparti," disse Nicky.

Che altro poteva dire? Cillian era così e lei ormai ci era abituata. Era un peccato che Doll adorasse il terreno su cui camminava suo fratello maggiore, perché Nicky considerava Cillian un palese idiota e stare con lui era una vera e propria condanna. Possedeva un certo tipo di intelligenza, un'inquietudine malvagia che si contraeva fino a diventare acuminata ogni volta che individuava un punto debole, e gli piaceva far andare la bocca. Quando lo faceva, come adesso, era inevitabile che ne uscisse qualcosa di crudele e ingiustificato. Per lui era tutto sgradevolmente comico ed effimero, irrilevante e da deridere.

"Vado a prendere un altro drink," intervenne Sara nel silenzio. "Chi lo vuole?"

"Credo tutti," disse Cillian.

Sara gli lanciò un'altra occhiata rabbiosa e andò in corridoio.

Nicky guardò Doll. Una parte di lei voleva che lui dicesse qualcosa di più a Cillian, anche se qualunque altro rimprovero sarebbe risultato inutile. Ma Doll rimase accasciato al suo posto, osservando il fratello in uno stato di trance imbarazzata. Per un attimo Nicky pensò di alzarsi e andarsene, non solo da Cillian, ma anche da Doll e dalla prospettiva dell'intera serata a venire. Poi pensò al lungo viaggio, al vuoto della casa che l'aspettava.

"Hennigan, ti ricordi di Rubber Nallin?" disse Cillian.

Nicky bevve un sorso. Si ricordava di Rubber Nallin. Era stato una presenza fissa in quella casa quando la droga era ancora in circolazione.

"È il tuo amico che ha perso il naso?" disse.

"Sì, be', ha avuto solo un cedimento del setto nasale," disse Cillian.

"Perché mi chiedi di Rubber Nallin?"

"Il vecchio di Rubber è scappato mentre la madre di

Rubber era incinta di lui," disse Cillian. "Mentre il nostro vecchio, bisogna dirlo, ha resistito per ben vent'anni prima di decidere che ne aveva abbastanza di noi. Una volta ho chiesto a Rubber cosa ne pensava del fatto che il suo vecchio fosse scappato prima ancora di poterlo conoscere e Rubber si è limitato a scrollare le spalle e a dire che non provava nulla. *Non puoi perdere ciò che non hai mai avuto*, ha detto. Saggio, per essere uno senza setto nasale. Ho detto a Rubber che poteva almeno consolarsi con l'idea che se il suo vecchio fosse rimasto avrebbe potuto innamorarsi così tanto di lui che non gli sarebbe mai passato per la testa di andarsene. Ora, Rubber non era d'accordo, ma il punto è che questa non è una consolazione disponibile per me e Doll."

"Il vecchio ci ha guardato bene e se n'è andato a farsi fottere," disse Doll.

"È difficile non prenderla sul personale," disse Cillian.

Sara tornò con un nuovo giro di bevande. Cillian continuò a tenere banco, ricordando i vecchi tempi selvaggi, Rubber e tutti gli altri pazzoidi che si aggiravano per casa, gli scherzacci e le scenate che avevano segnato quei giorni andati. Una volta Nicky chiese a Doll cosa fosse successo, e Doll rispose che, a sentire lui, Cillian aveva deciso di smettere di lavorare con la gente con cui lavorava. Doll riteneva che ci fosse stata una sorta di litigio, ma Cillian non lo ammetteva e si rifiutava di dire altro, il che andava benissimo a Nicky. Anche se sarebbe stato ipocrita dire che non aveva spesso apprezzato le sue visite qui – lei e Doll avevano partecipato a qualsiasi cosa accadesse – era contenta che Cillian avesse apparentemente chiuso con lo spaccio. Di lui non le importava un cazzo, ma Cillian aveva cominciato ad appaltare a Doll parte delle vendite – anche se a quanto pareva solo di tanto in tanto, solo in piccole partite e in genere solo ad alcuni amici e compagni di classe di

Doll – ed era bastato quello a rendere Nicky molto nervosa. Non tanto perché era illegale, per la relativa gravità delle conseguenze se Doll fosse stato beccato, ma per Cillian. Lui non era soltanto un idiota. Era anche inaffidabile. Era imprudente e compiaciuto e Nicky era sicura che se le cose fossero andate male non avrebbe avuto alcuna remora a trascinare giù con sé chiunque si trovasse con lui.

*

Erano ancora a casa di Sara e Cillian quando in città iniziarono i fuochi d'artificio. Si sentiva il rapido scaglionato scoppiettio nel cielo, seguito da lievi lampi di luce contro le tende tirate della finestra del salotto.

"Hai detto a tua madre che andavamo a vederli," disse Nicky a Doll.

"Dobbiamo andarci," disse Doll, e si alzò. "Dobbiamo anche andare da Cannon," disse a Cillian.

Cillian prese il sacchetto di erba dal tavolino e lo gettò a Doll. "Divertitevi," disse.

Doll fece in modo di non incrociare lo sguardo di Nicky mentre si infilava il sacchetto in tasca.

4.

Da Glen Gardens a Belleek Wood, dove viveva Keith Cannon, era una passeggiata di venti minuti. I fuochi d'artificio continuarono mentre Nicky e Doll camminavano lungo le banchine quasi deserte. Quasi tutti quelli che erano usciti si ammassavano nei pub di Main Street e dintorni. Durante la passeggiata Doll restò zitto. Parlare di suo padre lo rendeva pensieroso e scontroso per un po'.

Nicky camminava in silenzio al suo fianco e guardava i fuochi d'artificio scoppiare e disperdersi in sfilacciate strisce ardenti, guardava gli edifici e i lampioni sul lato opposto del Moy lasciare il posto all'immensità buia e aspra di Belleek Wood. Attraversarono il terzo dei tre ponti sul fiume e in breve entrarono nel quartiere di Belleek Wood. Imboccarono una strada di grandi case signorili, prati curati, macchinoni con targhe nuove che affollavano i vialetti. Nicky si schiarì la gola. C'era qualcosa che la tormentava e che doveva tirar fuori.

"Credevo che Cillian avesse smesso," disse.

"Di fare cosa?" disse Doll.

"Il sacchettino che ti ha dato. Pensavo avesse smesso."

"Infatti ha smesso," disse Doll.

"Cosa ci fai con quel sacchettino, allora?"

Doll la guardò e sorrise, come se fosse ovvio.

"Cannon mi ha chiesto di trovargli qualcosa."

"Cillian ha smesso, ma tu fai un salto da lui per prendere un sacchettino da portare a una festa?"

"È solo che," disse Doll, "Cannon mi ha chiesto la settimana scorsa se potevo trovargli qualcosa, così gli ho detto che chiedevo a Cillian se ne aveva da parte, e ce l'aveva. Tutto qui."

"Tutto qui?"

"Cillian non ha ricominciato a fare niente. È una cosa una tantum."

"Se Cannon te l'ha chiesto oggi, te lo chiederà di nuovo. Dovevi mandarlo a cagare."

"Qual è il problema?" disse Doll.

"È solo che..." cominciò a dire Nicky, "non vorrei che tu ricominciassi."

"Non ho intenzione di rimettermi a fare niente, Nicky," disse Doll, più secco. "Come ho già detto, è tutto finito. Questa è una cosa una tantum."

"Non mi dici niente," disse Nicky, "quindi devo chiedere."

Arrivarono a casa di Cannon. Tutte le finestre erano illuminate, la musica e il rumore che risuonavano all'interno si sentivano anche dalla strada. Risalirono il vialetto in silenzio. Il vialetto era pieno di pietre nere lisce e lucide. Le pietre sembravano tutte di dimensioni identiche, come se fossero state fatte da una macchina, e scricchiolavano nitide e solide sotto i loro passi.

*

Una volta entrati andarono in cucina, la parte più chiassosa della casa. C'era Keith Cannon con una ragazza più grande, una donna, in realtà. Nicky ci mise un attimo, ma la riconobbe.

"Ma questi sono Hennigan e la sua ragazza, Doll," disse Cannon, e diede una pacca sulla spalla a Doll.

"Ciao, testa di cazzo," disse Doll.

"Ciao, Keith," disse Nicky.

Keith Cannon era il capitano della squadra di football della scuola. Aveva un corpo quasi da uomo adulto – petto largo, braccia muscolose – ma un viso da bambino. Riccioli delicati da cherubino ipertrofico, un eccesso di lentiggini, una boccuccia rosa perennemente atteggiata in una specie di ringhio d'attesa.

"Mi fa piacere che siate riusciti a venire," disse.

"Hai chiamato quel ragazzo *Doll*?" chiese la donna a Cannon.

"Tutti lo chiamano Doll," disse Nicky. "Ciao, Marina. Sono Nicky. Lavoravo da Dillons con te."

"Mi ricordo di te, Nicky. Mamma mia, Dillons," disse Marina, e il lungo collo e le guance avvamparono.

"Di' alla signora perché ti chiamano Doll," disse Cannon, stappando una lattina di Budweiser e dandola a Doll.

"Mi chiamo Donal," disse Doll, "solo che da piccolo dicevo Doll. Per un po' ho avuto un difetto di pronuncia. E in famiglia lo trovavano così divertente che non hanno più smesso di chiamarmi così."

"Che dolce," disse Marina. "E comunque ti sta bene."

"Hai ragione, Marina," disse Cannon ridacchiando, e accarezzò con il dorso della mano la guancia di Doll. "Guarda che pelle di porcellana."

"Vuoi piantarla?" disse Doll, scansandosi dal tocco di Cannon.

Dillons era il primo pub in cui Nicky aveva lavorato, il suo primo lavoro in assoluto. Aveva quattordici anni quando aveva iniziato. Marina aveva cominciato nello stesso periodo e Nicky si ricorda che doveva andare all'università, al Trinity, il che vuol dire che aveva circa diciotto anni. Quindi adesso doveva averne almeno ventuno. Era alta e vestita in modo diverso da tutti gli altri alla festa. Indossava una giacca sportiva grigia a spina di pesce, una sciarpa sottilissima, di un verde molto pallido, avvolta in spire leggere intorno al collo, e scarpe da ginnastica color mou, delicate come le scarpe da comunione di un bambino.

Marina era diversa, e lo era anche da Dillons. Fin dall'inizio era stata polemica con la direzione, condiscendente con i colleghi e del tutto sprezzante con i clienti. Detestava le responsabilità e cercava sempre un modo per giustificare le scorciatoie o il fatto di scaricare il lavoro sulle spalle di qualcun altro. Era una di quelle persone che per scansare il lavoro si danno da fare e si ingegnano il doppio di quanto farebbero se lavorassero e basta. Anche se Nicky era il suo opposto, cioè una che fa le cose con calma e senza lamentarsi, che porta a termine qualsiasi compito le venga assegnato senza problemi, Marina la reclutò come amica, pranzava con lei e la invitava alle sue pause sigaretta. Marina si sedeva su uno dei fusti nella zona carico e scarico sul retro e faceva una testa così a Nicky su ogni singolo aspetto del lavoro, su quello che pensava della ricorrente illogicità e dei vari favoritismi nella programmazione dei turni, sulla passività politica e culturale e sulla totale ignoranza dei colleghi, sulla sadica ridondanza di molte delle mansioni che dovevano svolgere, e smetteva solo per buttare via la cenere che si raccoglieva tra le pagine dell'enorme tascabile semidistrutto – *Moby Dick*, *Middlemarch*, libri del genere – che teneva aperto sulle ginocchia. A posteriori era ovvio perché avesse scelto Nicky come confidente: solo perché Nicky era giovane e disponibile, l'unica persona che lavorava lì dentro che poteva tollerare gli sproloqui di Marina. Ma a Nicky piaceva: se non altro, l'inesauribile capacità di lamentarsi di Marina era divertente e l'aveva aiutata a passare il tempo fino a quando Marina si era licenziata dopo appena un mese.

"L'ultima volta che ti ho vista stavi per andare al Trinity," le disse Nicky.

"Giusto. Ci sono andata," disse Marina. "Finisco l'anno prossimo."

"Sei al Trinity?" disse Cannon.

"Sì," disse Marina.

"Centro Nevralgico del Settore Cazzate," dichiarò Cannon.

"Non ci sei andato lontanissimo," disse Marina.

"Cosa studi?" chiese Nicky.

"Inglese."

Forse Doll fece una smorfia – Nicky non la colse, ma Doll poteva assumere un'espressione sericamente insolente in un nanosecondo – perché Marina lo guardò e disse: "Trai le conclusioni che vuoi."

"Non ho detto niente," disse Doll.

"Non badare a lui," disse Cannon. "Di cognome si chiama English, anche se sa a stento scrivere il suo nome."

Marina si accigliò.

"English," disse.

"Doll English," disse Doll.

"Sei parente di Cillian English?" disse Marina.

"È suo fratello," disse Cannon.

"Cillian English è una testa di cazzo," disse Marina.

"Non lo metto in dubbio," disse Doll.

"Una volta ero a una festa. Cillian English ha morso l'orecchio a un ragazzo."

"Gesù Cristo," disse Cannon.

"Aspetta un attimo, no," disse Doll, "la so questa storia e non è andata così. Cillian non ha morso l'orecchio a nessuno. Ha litigato con Hughie Cain, ma lui era un metallaro nu-metal, e aveva tutti questi piercing, compreso un grosso coso nell'orecchio. E sì, hanno litigato perché Hughie gli doveva dei soldi e si sono tirati qualche sberla, ma una nocca di Cillian si è agganciata a questo coso nell'orecchio del tuo amico e ha strappato un po' di lobo, ma è stato un incidente."

"Tu c'eri?" disse Marina.

"Se c'ero?" disse Doll. "No che non c'ero."

"Io sì. L'ho proprio visto che si è avvicinato al tipo da dietro e gli è saltato addosso. Non era assolutamente stato provocato, almeno da quello che ho visto io."

"Bene", disse Doll. Nicky vide il suo labbro inferiore contrarsi, incerto. "Lui me l'ha raccontata così."

"Tuo fratello, amico," disse Cannon ridacchiando. "A proposito, mi hai preso quella roba?"

"Certo che sì."

"Vieni nel mio ufficio," disse Cannon, indicando la porta scorrevole che dava sul patio posteriore.

Nicky disse a Doll che avrebbe preso un drink e li avrebbe raggiunti. Marina rimase con lei, si versò un altro bicchiere grande di vino rosso e ne offrì uno a Nicky.

"Allora, cosa ti ha portato a questa festa?" le chiese Nicky.

"Bella domanda," disse Marina. "Lunedì sera stavo facendo una passeggiata quando è passata questa macchina rumorosissima. Ha accostato e al volante c'era Keith Cannon con un paio di occhiali da sole del cazzo. Mi ha detto che venerdì sera faceva una festa a casa sua e che avrei dovuto farci un salto. Lunedì mi era sembrata una prospettiva profondamente triste, ma con il passare della settimana... non si è presentata nessuna occasione migliore." Marina alzò il bicchiere. "Così ho pensato che ubriacarmi con un gruppo di bambini il venerdì sera è meglio che ubriacarmi da sola, o a casa con mia madre, che Dio me ne scampi."

Nicky si chiese dov'erano gli amici di Marina, le persone della sua età con cui era cresciuta. Probabilmente alcuni erano emigrati per lavoro o erano in viaggio, ma di sicuro qualcuno era tornato a Mayo per l'estate, come evidentemente aveva fatto Marina. Poi si presentò a Nicky un'ovvia possibilità: a Ballina Marina non aveva amici.

Nicky bevve un sorso di vino.

Marina la stava squadrando.

"Nicky Hennigan," disse.

"Presente," disse Nicky.

"Non sei ancora all'università?"

"Non ancora. Quest'anno ho la maturità."

"Ma ci andrai?"

"Non pensavo di no," disse Nicky.

"Non pensavo di no," ripetè Marina, alzando le sopracciglia. "Cosa pensi di studiare?"

"Non so in cosa sarei brava," disse Nicky. "Forse qualcosa tipo economia."

"Qualcosa di ragionevole?"

Nicky alzò le spalle. "Qualcosa lo devo pur fare."

"E quello che vuoi fare è economia?"

"Se riesco a entrare sì. Voglio qualcosa che mi permetta di trovare un lavoro."

"Dio, non posso darti consigli," disse Marina. "E dove vorresti andare? A Dublino?"

"Credo di sì. Non conosco bene Dublino. Ci sono stata solo un paio di volte."

"Neanch'io la conoscevo bene," disse Marina. "Prima di viverci mi ero fatta una mia idea di com'era."

"Ed era l'idea giusta?"

"No di certo. Ma non è che me la ricordi bene. A un certo punto è stata assorbita dal fatto che era la mia vita e basta."

"Sarà sempre meglio di qui, no?"

Marina incrociò le braccia.

"È diverso. Sei in un posto diverso e in una fase diversa della tua vita. Vai ancora a scuola, sostanzialmente, ma all'università ti devi arrangiare. Quelle grandi aule piene di correnti d'aria. Sta a te decidere se andare a lezione, studiare e tutto il resto. Hai molto tempo per te stessa. Può essere difficile abituarsi. E devi fare in modo di vivere con un gruppo di brave persone."

"E tu vivi con delle brave persone?"

"Sono... a posto," disse Marina, bevendo un sorso di vino. "Allora, quel Doll è il tuo ragazzo?"

"Usciamo insieme, sì."

"Da quanto?"

"Un paio d'anni ormai."

"Alla tua età è tanto," disse Marina, poi: "Scusa. Ho detto una cosa ridicola e paternalistica."

"Non preoccuparti," disse Nicky. "Stai solo facendo domande."

"Non vuoi che te le faccia?"

"Se non volessi te lo direi."

"Giusto!" disse Marina. "Allora, anche Doll andrà all'università?"

"Dovresti chiederlo a lui."

"Non viene con te a Dublino, se tu ci vai?"

"Non vorrei essere io il motivo per cui va a Dublino."

Marina la guardò per un attimo.

"No," disse lei, "se vuoi fare una cosa devi volerla fare per te stessa." Bevve un altro sorso di vino. "Non volevo dare l'impressione di essere una che ce l'ha con lui per suo fratello."

"Un sacco di gente ce l'ha con Cillian English."

"Ma suo fratello è una cosa e lui un'altra. Non è giusto giudicare per associazione."

"No," disse Nicky, "vero."

"Comunque," disse Marina "mi dispiace di essere stata giudicante e mi dispiace per le venti domande. Io lo odio quando la gente mi chiede cosa farò della mia vita, ed eccomi qui a fare lo stesso con te. Ed è inutile, perché il fatto è che il futuro arriva comunque."

"Quindi cosa mi stai dicendo? Di vivere nel presente?"

"Oddio, non ho consigli da dare," disse Marina, alzando il bicchiere come per deviare la propria affermazione.

"Tu ce l'hai un ragazzo?" le chiese Nicky.

Per un attimo Marina parve disarmata, poi si ritrasse dietro un sorriso.

"No," disse con curioso formalismo.

Il suo sorriso suggerì che avrebbe potuto approfondire la cosa. Nicky aspettò, ma dopo una pausa Marina fece un cenno verso la camicia da lavoro di Nicky, lo stemma visibile sotto la felpa aperta.

"Lavori al Pearl adesso?"

"Sì."

"Non riuscivo proprio a sopportare Dillons."

"Mi ricordo che leggevi i tuoi libroni durante la pausa sigaretta. *Moby Dick* e tutto il resto," disse Nicky.

"I miei libroni," disse Marina con un sorriso. "Credo di non essere durata neanche un mese, vero? Per fare quel tipo di lavoro bisogna stare in mezzo alla gente, e io non vado bene per stare in mezzo alla gente."

"Nemmeno io."

"No?"

"Non mi faccio coinvolgere."

"È una cosa saggia," disse Marina, "sei una donna saggia, Nicky."

Guardò verso la porta scorrevole da cui erano usciti Doll e Cannon.

"Ancora una volta, non sto cercando di criticare nessuno, non vorrei sembrare impertinente, ma se ho letto bene la situazione," disse, "il tuo ragazzo ha portato della droga?"

"Sì," disse Nicky.

"Ok," disse Marina. "Andiamo a farcene un po'?"

Trovarono Doll e Cannon con un gruppo di amici di Cannon poco più avanti nel giardino. Si stavano passando una canna. Marina fece un tiro e la offrì a Nicky. Nicky fece un tiro. Doll era dall'altra parte del gruppo, accanto a Cannon. La cupezza che gli era calata addosso dopo che erano venuti via da casa di Cillian sembrava del tutto dissolta: ora aveva gli occhi lucidi e un sorriso soddisfatto che non lo abbandonava mai e godeva del proprio vantaggio mentre ascoltava Cannon e gli altri scambiarsi storie e battute note. Nicky tornava di tanto in tanto in cucina. Bevve un secondo bicchiere di vino e finito quello passò a whiskey e Coca. Dopo un po' Cannon e un altro ragazzo, Michael Fox, iniziarono a spostare i mobili da giardino dal patio al prato e a piazzarli nell'erba a intervalli regolari.

"E adesso cosa succede?" chiese Marina a Cannon.

"Corsa a ostacoli!" gracchiò lui.

Con la canna che gli penzolava dalla bocca e la lattina in mano si mise a correre, saltò tutte le sedie ma centrò il tavolo e lo fece ruzzolare sull'erba mentre atterrava sul sedere.

"Va be', vediamo come ve la cavate voi!" esclamò Cannon tra gli applausi, tornando di corsa verso il gruppo.

Fu il turno di Fox, poi di un altro paio di ragazzi.

"Che stupidaggine," disse Marina.

"Vai tu, Scully, con quelle gambe lunghe!" disse Cannon.

Marina sgranò gli occhi e passò a Nicky il suo bicchiere di vino. Si sfilò le scarpe da ginnastica e le calze, le lasciò sul muro del patio accanto a Cannon e corse a tutta velocità verso i mobili, saltandoli con disinvoltura. Il gruppo applaudì, ammirato.

"Non male, Scully, ma devo squalificarti per abuso di sostanze illecite," disse Cannon quando Marina tornò nel patio. Marina prese il suo drink da Nicky e si sedette sul muretto.

Doll aveva colto l'occasione per fare il giro e avvicinarsi a Nicky. Le fece scivolare le braccia intorno ai fianchi, intrecciando le dita sull'ombelico. Le sfiorò l'orecchio.

"Ehi," mormorò, "vieni dentro."

Presero di nuovo da bere e passarono in salotto. C'erano due ragazzi seduti sul tappeto davanti all'enorme televisore a schermo piatto. Avevano messo un videogioco e agitavano le teste, su e giù, destra e sinistra, seguendo l'azione sullo schermo. Il gioco era uno sparatutto, con teste e parti del corpo che esplodevano rumorosamente in colori frenetici da cartoni animati del sabato mattina. Tutt'intorno a loro si era radunata una piccola folla a guardare, alcuni aspettavano il proprio turno. Nicky e Doll trovarono un posto su uno dei divani. Doll iniziò a baciare Nicky. Il bacio andò avanti per diversi minuti. Nicky sentiva tutta la concentrazione del corpo di Doll scorrere attraverso la lingua nella sua bocca, come una corrente. Ogni tanto il ritmo dei baci si smorzava in tenerezza, ma poi tornava carico di passione, i muscoli della mascella impegnati a fondo, come se lei fosse un bicchiere d'acqua da cui lui cercava di bere. Nicky pensò che lui stesse cercando di essere appassionato, che cercasse di appianare attraverso l'attrito fisico le punte d'irritazione sorte tra loro in diversi momenti della serata. Alla fine Doll si staccò, si sedette e si guardò intorno con un'espressione sazia e un po' stupita, come se non sapesse dove si trovava e non gli importasse. Il televisore emetteva una luce intensa, la stanza era buia, piena di ombre di corpi sovrapposte.

Doll la attirò a sé e la baciò piano sulla tempia.

"Stai bene?" chiese.

"Certo," rispose lei.

Poi chiuse gli occhi e sentì onde pulsare nel buio della sua testa. Aveva bevuto troppo in fretta, era più ubriaca di quanto pensasse.

"Cosa ne pensi di quella Scully?" disse Doll.

"Cosa vuoi dire?" disse Nicky.

"Cosa ci fa qui?"

"Qui?"

"A questa festa."

"Dice che l'ha invitata Cannon."

"L'ha invitata Cannon, giusto," disse Doll, "ma perché è venuta?"

"Dovresti chiederlo a lei."

Doll bevve un sorso dalla sua lattina.

"Cannon pensa che se lo voglia scopare," disse.

"Lei pensa che lui sia un idiota."

"È un idiota. Solo che anche lei è un po' scema, a dire il vero."

"Non credo proprio."

"Nessuno le ha chiesto di avere un'opinione sulla mia famiglia."

"Ma le hai dato ragione!"

Doll si rabbuiò.

"Be', se non è una scema, che cos'è?"

"Credo che sia diversa da come sembra."

"Diversa in che senso?"

"Il suo comportamento. Credo che si atteggi molto."

"Be', non so quanto sia una messa in scena, ma sarebbe un po' strano se si scopasse Cannon. Quanti anni ha?"

"Non credo proprio che voglia scoparsi Keith Cannon, al di là di quel che pensa lui."

"Dice che gli è stata dietro tutto il tempo. *Non mi ha tolto gli occhi di dosso.*"

"Gli occhi?"

"Gli occhi," disse Doll, e alzò la mano. "Ascolta, per me va bene. Ognuno può fare quello che vuole. Cannon non si tirerebbe indietro. Però penso che sia un po' strano che lei si trovi a una festa di ragazzi, no?"

Nicky gli lanciò un'occhiataccia.

"Quanti anni ha Sara Duane? Tipo dieci più di Cillian? Una bella differenza, no? E su quella non hai niente da dire?"

"Sì, però," balbettò Doll, "è un po' diverso."

"Non c'è niente di strano," disse Nicky, d'un tratto stufa dello scambio, di quella che sembrava la deliberata ottusità di Doll. "Cannon l'ha invitata e lei è venuta. Non è niente. È normale. E chissenefrega di quello che fanno gli altri?"

Doll si ritrasse e Nicky sentì la tensione della gamba di lui contro la sua. Lui fissò concentrato l'occhio scuro della lattina, poi se la portò alla bocca e si fermò.

"Che problemi hai?" disse. "È tutta la sera che sei tesa."

"Non ho nessun problema," rispose Nicky. "Finisco di lavorare e anche se sono stanca morta ti porto in giro, porto in giro tua madre, mi tocca pure stare tre ore a sentire tuo fratello che si comporta da perfetto coglione. Vado dove vuoi andare tu e faccio quello che vuoi fare tu. E questo è tutto ciò che faccio. Perché dovrebbe essere un problema?"

Doll sorrise, come stupito, poi il sorriso svanì.

"Che cazzo," disse. "Pensavo che ci stessimo divertendo."

"Davvero?"

"Sì. Non mi ero accorto che fosse un simile calvario per te."

"Ti piace farla facile, Doll, ecco cosa ti piace."

"Ah sì?" sussurrò lui, dubbioso, e poi diede in un'unica, dura risata. "Ah, cazzo. Che crimine, eh!"

"Non mi chiedi mai cosa voglio io," continuò Nicky. La sua voce suonava fastidiosa e terribile alle sue stesse orecchie, ma anche se forse quello che stava dicendo era sbagliato sentiva di doverlo dire. "Dai per scontato che io voglia fare tutto quello che vuoi fare tu."

"Che cazzo," disse Doll.

Si alzò di scatto dal divano. Prese a scuotere la testa.

"Che ci fai qui se non ci vuoi stare?" sbottò.

Nicky non trovò altro da dire. Era in fiamme per l'imbarazzo. Alcuni avevano smesso di guardare il televisore. Lei ricambiò gli sguardi minacciosa finché quelli non abbassarono gli occhi.

"Essere qui va bene," riuscì a dire.
"E allora di che cazzo stai parlando?" disse Doll. Aveva gli occhi duri, il viso arrossato.
Restò lì, in attesa che lei aggiungesse qualcosa.
"Guarda che non sei mica obbligata a fare niente, Nicky," disse alla fine. "Se per te tutto questo è un supplizio puoi smettere subito, quando vuoi."
Diede un pugno all'aria in segno di frustrazione e si allontanò tra la folla.

Nicky sentiva la faccia calda. Si toccò le labbra, irritate e formicolanti per il bacio. Bevve un sorso. Spostò gli occhi sullo schermo e rimase a guardare, finì piano il suo drink, lasciò che il turbinio rumoroso e il flusso frenetico del gioco le riempissero la mente.

Dopo la penombra del salotto, la luminosità acida della cucina. Nicky si versò un altro whiskey e coca. Andò a prendere il ghiaccio e davanti al frigo trovò un tipo con la testa dentro il congelatore.
"Ehi," disse Nicky quando vide che non si muoveva.
Il tizio tirò fuori la testa. Era Teddy Cremin. Aveva lavorato con lei al Pearl il Natale prima. Aveva le sopracciglia filigranate di cristalli di ghiaccio. Le guance erano rosa, tutte piene di capillari.
"Cosa stai facendo, Teddy?" chiese Nicky.
"Mi sto rinfrescando."
"Fa così caldo?"
"Dentro sento molto caldo," disse Teddy, sbattendo convulsamente le palpebre, come se avesse qualcosa negli occhi. Era ubriaco, molto più di Nicky.
"Mi sa che hai bisogno di un po' d'acqua," gli disse Nicky.
"Ci stavo pensando," disse Teddy.
Nicky portò Teddy all'isola della cucina.

"Come va la serata, Hennigan?" chiese Teddy.

"Una meraviglia," disse Nicky. "Aspetta lì."

Sciacquò un bicchiere, fece scorrere l'acqua fredda. Teddy restò fermo a guardarla, respirando rumorosamente dal naso con una brutale docilità da ubriaco, il vapore del ghiaccio che fumava gelido dalla sua faccia.

"Bevi," gli ordinò lei, porgendogli il bicchiere.

Teddy bevve qualche sorso.

"Continua," disse Nicky.

"Sei ancora al Pearl?" chiese dopo aver finito il bicchiere.

"Oggi ero là," disse Nicky.

"Come sta quel verme di Flynn?"

"Flynn sta bene," disse Nicky. Kieron Flynn era il suo capo al Pearl. L'ultima cosa che aveva voglia di fare in quel momento era parlare di Flynn.

"È ancora innamorato di te?"

"Stai facendo lo spiritoso?"

"Perde la testa per le ragazze giovani, Flynn." disse Cremin, biascicando una mezza risata.

"Non so per chi perde la testa Flynn, ma per me no," disse Nicky.

"Non sei la prima ragazzina su cui ha messo gli occhi e non sarai l'ultima. Quel pedofilo. Al povero vecchio Doll English toccherà stare attento," disse Cremin. Fece un passo avanti e barcollò, afferrò il bordo del bancone per tenersi fermo.

"Hai bisogno di un passaggio a casa?" disse Nicky. "Lo dico perché ti vedo un po' storto."

"Mollami, mammina," disse lui, scacciandola con un gesto della mano. Poi si versò un whiskey liscio.

"Vacci piano, amico," disse Nicky.

"Io ho un sistema," disse Teddy sicuro di sé. "Devi avere fiducia nel sistema." Sollevò il whiskey, brindò a Nicky e si allontanò nel corridoio.

Lei bevve un bicchiere e poi un altro e uscì nel giardino sul retro, aspettandosi di incontrare Doll da un momento all'altro. Ci voleva molto per farlo arrabbiare sul serio, ma lei ci era riuscita. Non sapeva cosa avrebbe fatto quando l'avrebbe visto, se avrebbe insistito a dargli addosso o se l'avrebbe supplicato di perdonarla. Dentro le scorrevano insieme tutti gli stati d'animo e non sapeva quale sarebbe prevalso al momento giusto. Forse sarebbe dipeso dallo sguardo di lui o dall'espressione della sua bocca in quel primo istante in cui l'avrebbe rivisto.

Ma non c'era traccia di Doll. Cannon e Marina erano ancora là fuori, Marina seduta sul muretto del patio, Cannon in piedi davanti a lei con le mani in tasca e uno spinello che fumava dentro il suo sorriso storto. Marina non si era ancora rimessa le scarpe. Stava ridendo come una pazza per qualcosa. Nicky riuscì a vederle i denti macchiati di blu fino in fondo alla bocca.

"Avete visto Doll?" chiese loro.

"L'ultima volta che l'ho visto era con te," disse Cannon.

"Io e Nicky," disse Marina, "abbiamo lavorato insieme da Dillons."

"Sì, Nicky l'ha già detto," disse Cannon.

"Nicky mi piaceva. Era l'unica con un po' di buonsenso là dentro, anche se aveva solo quanto? Quanti anni hai adesso, Nicky?" Marina sbatteva le palpebre e parlava in modo un po' strascicato, la fine di una parola si scontrava con l'inizio di quella dopo. Ormai erano tutti fiaccati dal bere. La festa aveva raggiunto quella fase.

"Ho diciassette anni," disse Nicky.

"Ed era un sacco di tempo fa, eri solo una bambina! Come mai i tuoi ti hanno mandato a lavorare in un pub che eri così giovane?"

Nicky cercò di non reagire, di sorvolare sull'osservazione con un sorriso neutro, ma era troppo tardi; Cannon si schiarì la gola e abbassò la testa. Marina lo guardò e poi guardò Nicky.

"Che c'è?" disse lei.

"Niente," disse Nicky, e poi: "I miei genitori non sono vivi. Non lo erano nemmeno allora."

"Cosa?" abbaiò Marina. "Perché non l'hai detto?"

"È una cosa difficile da dire."

"Oh Dio. Mi dispiace, Nicky," disse Marina, "non lo sapevo."

"Perché avresti dovuto?"

"Nessuno me l'ha detto," disse Marina autocommiserandosi.

"Non preoccuparti."

"Nicky è quella a cui è andata peggio, quella che ci fa vergognare tutti," disse Cannon.

"Proprio io," disse Nicky, e li lasciò lì per raggiungere la parte più lontana e buia del giardino. Dove il giardino finiva, oltre il bagliore delle luci domestiche, tra gli alberi, la notte diventava densa. Da quello che Nicky riusciva a vedere non c'erano muri o recinzioni, né un confine chiaro che delimitasse la fine della proprietà. Il giardino pianeggiante e ordinato si trasformava in un pendio in salita di boscaglia e rovi aggrovigliati e poi nei rami degli alberi che si moltiplicavano nelle vaste profondità del bosco. Belleek Wood era un bosco enorme e si estendeva intorno alla città per quattro chilometri quadrati.

Si lasciò sfuggire una sfilza insensata di *cazzo, cazzo, cazzo* sottovoce, cercando di far uscire il rancore da sé come veleno da una ferita. Povero Doll. Non ne aveva la minima idea, vero? Ma è così: quando dai per scontata una persona è perché non te ne rendi conto.

Stava per tornare indietro quando sentì qualcosa nel buio, tra gli alberi davanti a lei. Restò in ascolto e lo sentì di nuovo: una serie di rumori soffocati, dei fruscii. Pensò fosse un animale, un cane o un gatto lì vicino o forse una volpe, ma poi ci fu un fugace strappo di voce, veniva forse dal buio davanti a lei. Trattenne il respiro e rimase completamente immobile. La voce era stata troppo improvvisa e breve per distinguere le parole, se poi aveva detto qualcosa. Era stato solo un tono che si alzava bruscamente, come alla fine di una domanda, di un rimprovero o di un ordine. Il tono le era sembrato maschile. Dietro di lei continuava il normale frastuono della festa. Sarebbero bastati pochi passi per rientrare al sicuro nel suo raggio. Ma c'era qualcosa che le impediva di muoversi, una tensione priva di fonte racchiusa nel buio che le si stendeva davanti. Fissò il buio. Le parve che il buio ricambiasse lo sguardo. Scrutò le strisce nere diagonali degli spazi tra gli alberi alla ricerca della minima traccia di una sagoma o di un movimento. Il pensiero che si ripeteva nella testa era: *se io non vedo te, allora tu non vedi me.*

Rimase così, per mezzo minuto, un minuto, e poi una risata, squillante e chiara, la raggiunse dal clamore fluttuante della festa e l'incantesimo della sua paranoia si spezzò. Non riusciva a vedere altro che il vuoto nell'oscurità tra gli alberi.

Tornò dentro, si preparò un altro drink. Parlò con Ursula Davitt e Marnie Tull. Continuava ad aspettarsi di vedere la testa di Doll sbucare nel corridoio o che lui le si avvicinasse dal nulla. La festa andò avanti e poi cominciò a scemare. Senza confessare a sé stessa che era quello che stava facendo, girò ogni stanza e ogni angolo della casa al piano di sotto e poi al piano di sopra. Trovò Teddy Cremin in stato confusionale, accasciato sulle scale. Gli diede un paio di colpetti sulla mascella e gli chiese se aveva visto Doll, ma lui si limitò a girare la testa e a biascicare in modo indecifrabile. Ci aveva già provato; questa volta lo lasciò a sé stesso. Se Doll fosse stato ancora lì, pensò, adesso che la gente cominciava ad andarsene l'avrebbe visto, ma niente da fare.

Tornò un'ultima volta in giardino. Si guardò intorno nel patio ormai vuoto, lattine e bottiglie vuote su ogni piano e superficie, i mobili sparsi nell'erba come rottami. Cannon e Marina erano spariti. Qualunque cosa stesse facendo Marina non era un problema di Nicky. Avrebbe avuto tutto quello che si meritava se era così stupida da farsi davvero quel ragazzino.

Alla fine tirò fuori il telefono. Fece il numero di Doll. Suonava. Riprovò e questa volta lasciò un messaggio in segreteria.

"Non so dove sei, ma io sto per andarmene da casa di Cannon," disse, cercando di apparire tranquilla. "Eravamo d'accordo di andare a casa tua, quindi adesso io vado. Ci vediamo lì."

Quando Nicky si ritrovò a camminare per Main Street erano le tre del mattino passate, non un'anima viva in giro, anche i fish and chips erano chiusi. Dappertutto c'erano i resti della serata inaugurale del festival: bicchieri di plastica sparsi sul marciapiede, confezioni, contenitori di polistirolo e posate di plastica che ingolfavano i canali di scolo. L'implacabile bagliore giallo dei lampioni ispessiva le ombre e faceva sembrare le vetrine chiuse e le strade abbandonate non solo vuote ma spoglie, come se fossero rimaste solo le ossature in vista, come poltrone con l'imbottitura strappata via.

Un taxi superò Nicky a passo d'uomo, girò intorno alla piccola rotonda in fondo alla strada e risalì verso di lei. Le barre dei lampioni scivolarono come un codice sul parabrezza nero e lucente, in un attimo era passato. Nicky girò a sinistra alla rotonda e attraversò il parcheggio del supermercato Dunnes, un millepiedi di carrelli incatenati che sferragliavano solitari sulle loro ruote, scossi dal vento. In lontananza un cane cominciò ad abbaiare, una serie di latrati improvvisi e acuti che si propagavano irregolari nella notte come colpi di pistola.

Nicky arrivò alla strada per Killala e cominciò ad allontanarsi dalla città, verso le stelle e il vuoto dell'aperta campagna. La casa di Doll era parecchio lontana ma lei aveva bisogno di aria. Chiuse gli occhi e continuò a sentire le onde della sbronza che partivano dalla nuca, salivano sul cuoio capelluto e si infrangevano proprio dietro gli occhi. A un certo punto si era lasciata andare, aveva smesso di prendersela comoda e aveva iniziato a bere un drink dietro l'altro, tutto quello che trovava. Ora era intossicata.

Immagini e scene della serata le si agitavano nella mente. Doll che diventava rosso per la rabbia e la sorpresa durante la loro discussione. Lo sventurato balbettante imbarazzo di Marina quando Nicky le aveva parlato dei suoi genitori; il modo in cui Marina l'aveva guardata, come se Nicky le avesse appena dato uno schiaffo. *È una cosa difficile da dire.* Era vero. Le balenarono i ricordi più profondi, quelli che erano sempre stati lì, appena sotto la superficie dei suoi pensieri. Suo padre e sua madre. Tom ed Eilis Hennigan. Era stata Eilis ad ammalarsi per prima, di cancro allo stomaco, e appena un anno dopo a Tom era stato diagnosticato un cancro ai polmoni. Fecero le terapie, i tumori sparirono per un po', poi tornarono, poi si diffusero. Nicky aveva dieci anni quando morì la madre, undici quando se ne andò il padre.

"Brutale sfortuna, e non è colpa di nessuno," disse ad alta voce, citando Cillian e immaginandolo rannicchiato sopra il suo piccolo giardino roccioso, le spalle curve e la bocca subdola e pungente. Be', su quello il cazzone aveva ragione.

Sentì un'auto che arrivava dietro di lei, si girò e guardò la strada. Si asciugò gli occhi con la manica della felpa. La serie di lampioni si era interrotta ai confini della città e la strada era una fascia di buio, spessa come un telo nero, al centro della quale un paio di fari bianchi e taglienti bruciavano verso di lei implacabili come una miccia. Si infilò nel fosso e guardò l'auto che si avvicinò pian piano e poi, tutto d'un colpo, accelerò e le passò vicino filando.

Quando l'auto fu sparita uscì di nuovo sulla strada e riprese a camminare, costeggiando il bordo dell'asfalto. Camminò e camminò finché non comparve casa English.

Dal vialetto provò di nuovo a chiamare Doll. Il suo telefono non squillava nemmeno. Doveva averlo spento, era andato a letto. Fu di nuovo colpita dalla verità, lui se n'era andato dalla festa senza dirle una parola e lei, anche se le ci era voluto un po' di tempo per calmarsi, aveva ceduto e aveva provato a chiamarlo, gli aveva lasciato un messaggio; e lui l'aveva ignorata, anzi, l'aveva abbandonata.

Le montò di nuovo la rabbia e pensò di mettersi a bussare forte finché Doll, o più probabilmente Sheila, non fosse venuto ad aprirle la porta. Ma a questo pensiero si accompagnò la visione deprimente della colazione dell'indomani: Sheila che rimproverava e derideva Doll per aver mollato Nicky e averla costretta a tornare da sola, e insieme al rimprovero sarebbe arrivata la richiesta ostinata di farle ammettere che Doll era un incapace, un egoista petulante, cosa che in effetti era, ma quella richiesta, quell'incessante e prepotente imposizione Nicky sapeva che avrebbe finito per irritarla fino a quando non avrebbe più potuto sopportarla e allora si sarebbe trovata a difendere Doll, a prendere le sue parti contro Sheila, e non voleva assolutamente arrivare a tanto.

Alla fine Nicky andò sul retro, dove c'era la camera da letto di Doll. Camminando lungo la massa scura della siepe si ricordò del pallone da calcio e venne attraversata da una nuova ondata di irritazione.

"E che cazzo," disse.

Cercò a tentoni e trovò quella morbida forma pallida nella siepe, spinse il braccio a fondo nel reticolo graffiante e pungente del ligustro e la liberò. Schiacciò la palla morta tra le mani come una fisarmonica, sentì l'ultimo sbuffo spettrale di più di dieci anni di aria trattenuta e la gettò nel bidone in fondo al vialetto.

Dietro la casa, proprio sotto la finestra della camera da letto di Doll, era stata costruita una tettoia di legno. Vicino alla porta del capanno c'era una sedia di vimini decrepita, con un'ammaccatura concava sulla seduta per tutte le volte che Doll vi era salito e sceso.

Nicky salì sulla sedia, si allungò, si aggrappò all'orlo ondulato della sporgenza del tetto zincato e usando la sedia e la muratura della casa come punti d'appoggio si arrampicò e si allungò fino a issarsi sulla sommità del capanno. Rotolò sulla schiena e si mise a sedere. Stelle, la chiarezza rinfrancante dell'aria sempre più fredda. Solo allora, dopo essersi arrampicata sul tetto del capanno, pensò che la finestra della camera da letto di Doll poteva essere aperta ma anche no e se fosse stata chiusa si chiese se sarebbe riuscita a fare abbastanza rumore da svegliarlo dal suo sonno di ubriaco. Ma la finestra era aperta, appollaiato sul davanzale c'era il piccolo posacenere di metallo di Doll con il suo odore stantio e sbiadito di erba.

Bussò sul vetro.

"Doll," sussurrò nel buio della stanza.

Infilò la testa nella finestra e cercò di sentire il rumore del respiro. "Doll," disse di nuovo, questa volta a volume normale. Niente.

Infilò una gamba oltre il davanzale, toccò il pavimento ed entrò. Andò a tentoni verso il letto e passò la mano sulle pieghe fresche del piumone sfatto. Accese la luce del comodino e in quella luminosità spaventosa il letto vuoto sembrò sbagliato. Assomigliava a un errore.

PARTE SECONDA

5.

Dev si svegliò guardando il soffitto. Si sentiva come se mentre dormiva avessero cercato di staccargli il collo a colpi d'ascia. Dormendo aveva messo la testa in posizioni scomode, ad angolo acuto. La pillola che prendeva lo intontiva, ma il sonno che seguiva era leggero e turbolento, accompagnato da inspiegabili aumenti del battito cardiaco. Spesso si svegliava, come adesso, esausto, con il cuore che tamburellava e grosse gocce fredde di sudore che spingevano per uscire dai pori.

Dev si puntellò su un gomito e fece ruotare i piedi giù sul pavimento. Gli occhi gli bruciavano come se fosse stato a mollo. Se li strofinò e poi girò il collo da una parte all'altra con cautela per liberarsi della rigidità. I muscoli scricchiolarono. Aveva la maglietta umida, appiccicata alle scapole. Aveva già mal di testa. Si guardò intorno e trovò il telefono tra le pieghe della coperta. Erano da poco passate le 6. Aveva dormito pochissimo, ma era completamente sveglio. Sembrava che fosse successo cinque minuti prima: i Ferdia che si presentavano nel cuore della notte, il ragazzino, il ragazzino che cercava di scappare, il ragazzino in cantina. Dev si sentiva come fulminato dall'insonnia.

Scese al piano di sotto. Sul divano c'era Gabe privo di sensi, i piedi nudi sul tavolino e la testa rovesciata all'indietro, il giubbotto TEQUILA PATROL sistemato sul petto come un bavaglio da barbiere. I calzini erano appallottolati e infilati negli stivali vicino al divano, un effluvio disgustoso saliva dai piedi nodosi ed esangui.

Dev andò in cucina. La cucina era come l'aveva lasciata, con i tappi blu ammaccati delle bottiglie di Corona sul pavimento e la scarpa del ragazzino buttata in un angolo, le macchioline di ceramica del piatto rotto che punteggiavano lo stucco e i pezzi più grossi, simili a ossa, sparsi lungo il battiscopa, le sedie spinte indietro e abbandonate ad angoli strani rispetto al tavolo. Il cielo del mattino oltre la lunga finestra priva di tende sopra il lavello era azzurro e pulito come l'anello di fiamma di un fornello a gas. Sembrava il cielo di un altro pianeta.

Dev si aggirò senza toccare nulla, come se stesse ancora dormendo. Il silenzio, l'immobilità sembravano impregnati di una precarietà da sogno. Da bambino aveva sofferto di sogni profondi e insidiosamente incastrati l'uno nell'altro, si svegliava dopo essere stato inseguito da qualcosa di informe e tortuoso e terribile per poi svegliarsi di nuovo quando la cosa terribile l'aveva seguito fuori dal primo sogno e in quello che si era rivelato essere non la sua vita, ma un secondo sogno che incorniciava il primo.

Dev aprì la porta sul retro e uscì. L'erba brillava e scricchiolava sotto i suoi piedi. Arrivò fino al muretto sul retro e guardò in lontananza. Quello che c'era sempre stato era ancora lì: un campo dopo l'altro, divisi in modo irregolare da fossati sparsi e dalla curva grigia della stradina che spariva e ricompariva tra le salite e le discese del paesaggio. L'unica casa che si riusciva a scorgere era il tozzo bungalow imbiancato che una volta apparteneva a Tom Mackle. Era a più di un miglio di distanza, piccolo e pallido come un'aspirina contro gli ettari di verde e marrone. Sua madre andava a trovare Mackle durante le sue passeggiate serali. Mackle era mezzo cieco ed era arrivato alla soglia degli ottant'anni, poi era morto. Erano passati anni. Nessuno era mai venuto a prendersi la casa.

Dev sentì uno starnazzare e alzò lo sguardo. Un corvo si era appollaiato sul braccio trasversale inclinato di un vecchio palo della luce nel campo accanto al giardino. Quando Dev era bambino i campi erano attraversati da una sequenza di pali di quel tipo, collegati fra loro da neri fili elettrici. Nei giorni di calma, quando il vento calava, si sentiva il ronzio da insetto delle linee, basso e insidioso. I fili e quasi tutti i pali erano stati abbattuti da più di dieci anni, eppure a volte Dev si ritrovava lì fuori convinto di sentire ancora il ronzio, poi guardava meglio e vedeva che era rimasto solo quel singolo palo abbandonato.

Il corvo volò giù in giardino e cominciò a camminare sull'erba. Il manto dei corvi da lontano era nero, ma se ci si avvicinava abbastanza e la luce cadeva bene ci si accorgeva che le piume erano di un blu profondo attraversato da sfumature di iridescenza, come benzina nell'acqua. Era il modo in cui le piume erano stratificate, strette e sovrapposte come piastrelle di ardesia, che moltiplicava il blu in nero. Il corvo saltellava e beccava l'erba con movimenti bruschi e guizzanti che facevano pensare a un'animazione in stop-motion o a un meccanismo. Arrivò fino alle vecchie aiuole di sua madre, ormai invase da foglie di romice e ortiche, e si fermò lì a beccare e torcere con precisa ferocia qualcosa nel terreno.

Sua madre stava trafficando con le aiuole in un mite pomeriggio di metà settimana all'inizio della primavera quando il cuore le cedette. Dev lavorava ancora a Complere in quel periodo, faceva il turno di notte, e quindi quando successe si trovava a casa. Come al solito, aveva dormito fino al primo pomeriggio e non stava facendo nulla, oziava nella sua stanza, leggeva, guardava distrattamente la sua piccola TV, poi gli venne un po' di fame e scese al piano di sotto per chiedere a sua madre a che ora avrebbero cenato. Arrivato in cucina, sentì Georgie che abbaiava in cortile, abbaiava forte e senza smettere, e gli sembrò strano solo perché sua madre – che poteva mettere a tacere quel cane con una sola occhiata – non avrebbe mai tollerato che Georgie abbaiasse in quel modo. Quando uscì, gli ci volle un po' per capire cosa stava guardando. O per non capire: la semplice e assurda visione di sua madre, sdraiata sulla schiena nell'erba, con Georgie che le abbaiava agitato vicino alla testa. Mentre le si avvicinava Dev si mise a ridere, sorpreso e perplesso, e chiamò Ma' in tono cauto e quasi derisorio, perché tutto ciò che riusciva a pensare era che dovesse trattarsi di una finta: sua madre gli stava facendo una specie di scherzo infantile e lui non voleva che lei pensasse che ci era cascato, nemmeno per un momento.

Il corvo stava di nuovo starnazzando. Dev si toccò la fronte, premette le dita sul muro di ossa dietro la pelle. Il dolore alla testa era sfuggente e granuloso. Lo sentiva agitarsi, disperdersi e ricomporsi in punti diffusi a ogni pressione delle dita. Il dolore lo tormentava, non perché fosse forte, ma perché sembrava sempre sul punto di sparire, però poi restava lì.

"Basta," disse ad alta voce.

"Smettila," disse.

"Smettila," disse di nuovo in tono più severo.

Stava provando toni diversi. Voleva avere un tono che fosse ascoltato.

"Con chi cazzo parli?" gli chiese una voce.

Dev si voltò. Gabe veniva verso di lui, battendo una sigaretta contro un portasigarette.

"Parlo con gli uccelli," disse Dev.

"Parlo con gli uccelli," ripeté Gabe. Quando raggiunse Dev si accese la sigaretta. Aveva le mani da fumatore: la punta delle dita di un giallo intenso e acido, le unghie orlate di un colore rugginoso, la grassa verruca color caramello che ricopriva la nocca del pollice. Gabe fece un tiro di sigaretta e fu subito colto da un piccolo attacco di tosse. Si schiarì la gola, poi di nuovo, sbuffò con enfasi e sputò rumorosamente nell'erba. Mentre se ne stava lì zitto, riprendendo il controllo di sé, Dev sentiva un ticchettio ripetuto sepolto in fondo, nel ritmo dei suoi respiri, come se una carta da gioco fosse rimasta impigliata e svolazzasse tra i raggi dei suoi polmoni.

"Che bella mattinata," disse Gabe dopo un po'. "Hai dormito?"

"Ho dormito un po'," disse Dev. "E tu?"

"Abbastanza male, su quel cazzo di divano," ammise. "Hai qualcosa di decente per colazione?"

"Ci sono i cereali. Ci sono le uova."

"Dimmi che hai del caffè."

"C'è quello solubile."

"Nescafé?"

Dev annuì.

"Il Nescafé è tollerabile. Salsicce?"

"Niente salsicce."

"Porca puttana," disse Gabe. "Siamo in tre e c'è quel ragazzino da sfamare. Prima o poi dovremo andare a fare la spesa, quindi."

"Se me lo dicevate potevo prendere qualcosa in settimana."

"Non è che potevamo darti un colpo di telefono prima, Dev."

"Quando parlate con Cillian?"

"Non preoccuparti di English," disse Gabe, gettando

il mozzicone nell'erba e calpestandolo. "Di English ce ne occupiamo noi."

Gabe disse a Dev di preparare il caffè mentre lui andava di sopra a svegliare Sketch. Gabe e Sketch tornarono in cucina, Sketch si strofinò vigorosamente il viso mentre osservava l'ambiente intorno, come se non sapesse bene dov'era. Privo dell'abituale espressione compiaciuta, il viso di Sketch era pallido e spoglio come quello di una donna senza trucco.

Sketch andò a prendere il ragazzino. Doll pareva più malandato e abbattuto della sera prima. La ferita sulla fronte si era riaperta e aveva di nuovo fatto la crosta. Aveva cercato di sistemarsi la camicia strappata e mezza sbottonata meglio che poteva. Sketch lo fece sedere.

"Ecco," disse, prendendo la scarpa da terra e gettandola in grembo al ragazzino, "non ti si può vedere con una scarpa sola."

"Vuoi caffè o tè?" disse Gabe.

Doll non rispose.

"Hai dormito?" disse Gabe.

"Non lo so," disse Doll.

"Non sai se hai dormito?"

"Ho dormito un po', forse."

"Rimbambito?"

"Un po'."

"Si vede. Come va la testa?"

"Non lo so."

"Vuoi del paracetamolo? Dev, puoi dare a questo ragazzo del paracetamolo?"

"Non voglio niente," disse Doll.

"Non fare il martire," disse Gabe. "Noi avevamo questa zia. Sketch, ti ricordi di zia Kitty? Era una di quelle che stanno sempre un po' male, era sempre sofferente in qualche modo, ma non prendeva mai un antidolorifico. Il che sarebbe stato affar suo, se non fosse che non era una stoica. Non smetteva mai di parlare dei suoi dolori: la testa, lo stomaco, la schiena e i piedi. Una volta le ho detto: *Perché non prendi qualcosa se hai così tanti dolori, Kitty?* Lei mi ha guardato e ha detto: *Oh no, Gabriel, non posso* e io le ho chiesto: *Perché?* e lei: *Perché poi non riuscirei a capire se il dolore sta peggiorando.* Che donna!"

Dall'armadio sopra il fornello Dev tirò giù un contenitore di plastica. Era pieno di vecchie medicine della madre, blister di pillole, pacchetti di cerotti e bustine verdi di Lemsip. Dev strappò due compresse di paracetamolo da una confezione e le posò davanti al ragazzino.

"Hai fame?" chiese Gabe.

Doll non disse nulla.

"Posso fargli un uovo," disse Dev.

"Fagli un uovo," disse Gabe. Rivolgendosi di nuovo a Doll, disse: "Vuoi caffè o tè?"

Doll non disse nulla.

"Stiamo solo cercando di essere educati, ragazzo," disse Gabe.

"Se non vuole parlare, tanto vale rimetterlo in cantina," disse Sketch.

Doll spinse indietro la sedia, tirò su il piede e appoggiò la caviglia sul ginocchio dell'altra gamba. Si infilò la scarpa e iniziò a riannodare i lacci, allentandoli nelle asole e stringendoli di nuovo.

"Tè," disse.

"Vedi che non è difficile?" disse Gabe.

Dev mise sul fuoco una pentola d'acqua per le uova. Preparò il tè a Doll e glielo portò. Vide dei segni sui suoi polsi, due anelli rosa irritati che gli mordevano la pelle.

"Non provarci più," disse Sketch.

"Non farà più stronzate," disse Gabe.

"Ieri ha fatto proprio una cazzata da bambino," disse Sketch.

"Lo capisco, eh," disse Gabe. Parlava guardando Doll. "Questa non è una situazione proprio normale. È logico che il ragazzo fosse sconvolto. La situazione strana, aggiungi un po' di alcol... è comprensibile che abbia perso la testa. Ma ora che le cose si sono calmate il ragazzo ha capito che non c'è bisogno di drammatizzare."

Gabe e Sketch erano sbucati dal nulla al funerale di sua madre. Dissero a Dev che erano molto dispiaciuti per la morte di sua mamma e che avevano in mente di chiamarlo da tanto. Dev non ci fece molto caso, i Ferdia abitavano in città e non erano mai stati suoi amici, era quel genere di cose che si dicono sul momento per via dell'imbarazzo, ma qualche mese dopo, non molto tempo dopo che Dev aveva smesso di lavorare a Complere, si presentarono una sera tardi, senza preavviso ma con un mucchio di birra e un mucchio di cibo da asporto. La cosa divenne quasi abituale: i Ferdia arrivavano a caso la sera, si fermavano a guardare un film e chiacchierare con Dev fino alle ore piccole. Poi una volta dissero a Dev che avevano in ballo una cosa in cui avrebbero potuto coinvolgerlo se lui era interessato. Dissero che si trattava di guadagnare dei soldi, tanti soldi, per non fare quasi nulla, e che non doveva nemmeno uscire di casa per fare quel quasi nulla. Dev era senza lavoro da un po' di tempo, prendeva il sussidio di disoccupazione e aveva ancora un bel mucchietto da parte dall'assicurazione sulla vita della madre, però i soldi un po' alla volta diminuivano. Così disse sì, certo, e fu allora che i Ferdia gli dissero che in quel caso doveva conoscere un uomo di nome Mulrooney.

Quando si presentarono con Mulrooney erano le prime ore di una sera d'inverno di freddo pungente. Dev dalla soglia li guardò entrare nel vialetto, e tremava, un po' per il freddo e un po' per l'emozione, l'asfalto era punteggiato di scintille di brina, il respiro si allontanava disegnando spirali nell'aria notturna.

I Ferdia arrivarono accompagnati da Mulrooney.

"Quindi questo è Dev Hendrick," disse Mulrooney.

"In carne e ossa," disse Gabe.

Mulrooney pareva un po' più vecchio di Gabe, probabilmente sulla quarantina. Aveva un berretto di lana, un cappotto aperto, la pancia sotto il maglione, riccioli grigi che gli coprivano le orecchie e gli occhi marroni fissi pensierosi su Dev. Dev pensò che se esiste un tipico aspetto da gangster – cicatrici, tatuaggi, fisico rozzo e scoraggiante – Mulrooney non ce l'aveva.

"Quanti anni hai, Dev?" chiese.

Dev gli disse la sua età. Mulrooney guardò la casa, quello che riusciva a vedere nel buio.

"E tua madre stava qui con te però poi è morta la scorsa estate, giusto?"

"La primavera scorsa."

"La primavera," si corresse Mulrooney scuotendo rapidamente la testa con condiscendenza. "E adesso stai qui da solo?"

"Sì."

"Va bene, non voglio trattenerti più del dovuto, Dev. Possiamo entrare cinque minuti invece di stare qui al freddo?"

Dentro, Mulrooney accettò il tè, niente di più forte. Si sedette con Dev in salotto e parlarono. A un osservatore esterno la loro conversazione sarebbe potuta sembrare innocua, incentrata su quegli argomenti di demografia, proprietà e logistica che animano i nove decimi di qualsiasi dialogo tra estranei che abitano in campagna: chi vive nelle vicinanze, chi possiede i terreni intorno, quanto traffico c'è. Dev non si sentì a disagio o intimidito come immaginava.

Per tutto il tempo Mulrooney rimase seduto sulla sedia con le mani intrecciate sul placido cocuzzolo del suo ventre, parlando in tono misurato e cortese, sicuro e paziente anche quando faceva domande. Era il registro vivace e smussato di un prete o di un politico minore che si rivolge alla sala durante una raccolta fondi per la parrocchia.

Mulrooney volle fare un giro. Dev mostrò all'uomo la casa, la cantina, poi uscirono all'esterno, fino ai capannoni alla fine del sentiero. I solchi sul *boreen* si erano induriti come cemento e nel buio bisognava fare attenzione. Quando rientrarono in casa, i lobi delle orecchie e la punta delle dita di Dev pulsavano feroci per il freddo. Mulrooney si tolse il cappello, lo infilò nella tasca del cappotto e appoggiò le mani su uno dei radiatori del salotto. I termosifoni erano al massimo, così caldi che si potevano toccare solo per uno o due secondi prima che il calore diventasse intollerabile, ma Mulrooney tenne le mani appoggiate per cinque secondi, dieci, ben oltre il limite che avrebbe dovuto essere sopportabile, aspirando con compostezza l'aria attraverso i denti stretti mentre il dolore del caldo consumava il dolore del freddo, poi levò le mani e se le strofinò piano a mezz'aria.

"I ragazzi qui mi hanno parlato di tuo padre," disse.

"Cos'hanno detto?" disse Dev.

"Che era nelle Guardie."

"Molto tempo fa."

"Quanto tempo fa?"

"Sono passati tipo quindici anni da quando ha smesso."

"Le guardie non tendono a perdere quella benedetta vocazione. Perché lui sì?"

Dev scrollò le spalle.

"Non gli andava bene," disse.

"Cosa non gli andava bene?"

"Non lo so. Tutto, credo."

"Il papà di Dev è uno svitato," disse Sketch. "La madre di Dev l'ha fatto chiudere in manicomio."

Mulrooney alzò le sopracciglia mentre assimilava l'informazione.

"E adesso come sta?"

"È ancora lì."

"Viene spesso da queste parti?"

"Da quando è morta mia madre non più."

"C'è qualcuno che viene qui?"

"Solo loro," disse Dev, accennando a Gabe e Sketch.

"Ti piace questo isolamento?"

"È... è andata così, tutto qua."

Mulrooney studiò il volto di Dev, guardò ancora una volta in giro per la stanza.

"Okay," disse alla fine. "La sistemazione che hai qui, Dev. Credo che funzioni. Quando i ragazzi hanno suggerito di usare casa tua mi hanno detto cha abitavi in un posto adatto, ma soprattutto che eri una persona su cui fare affidamento, uno discreto, e adesso che ti ho conosciuto, credo che abbiano ragione."

"Quindi siamo a posto?" chiese Gabe a Mulrooney.

Mulrooney tenne gli occhi puntati su Dev.

"Credo di sì," disse. "Giusto, Dev?"

"Sì," disse Dev.

"Solo che mi dà da pensare, questa faccenda di tuo padre. Questo legame, vecchio, sì, ma rimanda alle Guardie, capisci? Ho bisogno della tua parola che non diventerà mai un problema."

"Tranquillo," disse Dev.

Mulrooney sorrise.

"Anche quando le cose vanno bene non sono mai perfette, vero, Dev?"

"Già," disse Dev.

Sulla porta, quando Dev, in preda al sollievo per la loro

imminente partenza, gli rivolse un cordiale "Arrivederci", Mulrooney lo fissò rimettendosi il berretto in testa.

"Se le cose vanno come devono andare," disse, "potrebbe anche darsi che non ci rivedremo mai più. Buonanotte, Mr Hendrick."

Dev portò in tavola l'uovo e il pane tostato, poi mise in ordine mentre i Ferdia parlavano con il ragazzo. Raccolse le ciotole e le tazze usate e infilò i piatti nella lavastoviglie, costringendosi a voltare le spalle agli altri per qualche secondo alla volta, con il cuore che fremeva nell'attesa e nel timore che il ragazzo tentasse un'altra fuga. Ma non successe nulla. Tirò fuori la scopa e la paletta e iniziò a radunare i pezzi di piatti in frantumi. Sketch, con il coccige appoggiato al bordo del tavolo e tutta la sua arroganza da bel ragazzo di nuovo stampata in viso, guardava Dev.

"Hai una tecnica disastrosa," disse.

"Allora fallo tu," disse Dev.

"Se lo facessi io non tornerei indietro dove ho appena spazzato. Guarda, ci stai camminando in mezzo!"

"Sto solo cercando di tirar su... tutti i pezzi."

"Mia madre direbbe che questo posto è un porcile".

"Che dica pure."

"Tu cosa pensi?" chiese Sketch a Doll.

"Di cosa?" chiese Doll. Intanto allungava il collo, cercando di guardare fuori dalla finestra della cucina. Dev sapeva che da dove era seduto poteva vedere al massimo il fondo del giardino, i declivi dei campi al di là, una neutra striscia di cielo e nient'altro.

"Della sua tecnica," disse Sketch. "Hai mai visto un uomo che spazza così?"

"Chissenefrega della tecnica," disse Dev, spostando il mucchio di frammenti nella paletta e svuotandola nel cestino prima di riprendere a spazzare con colpi vigorosi e precisi.

"Così va meglio!" disse Sketch.

"Credo che questo tizio abbia bisogno di andare in bagno e di darsi una lavata," disse Gabe. "Dev, hai dei vestiti da prestargli? Quella camicia non si può vedere."

"Va bene così," disse Doll.

Gabe allungò la mano, afferrò la parte alta della manica che si era staccata dal resto della camicia e la strappò via.

"Ripeto," disse Gabe. "Ci pensa Dev."

Il guardaroba di Dev era in buona parte ereditato, di seconda e spesso di terza mano. Ai tempi sua madre e le sue amiche si passavano i vestiti smessi dai figli. Dev era uno dei più piccoli ed era spesso il destinatario finale. E anche se durante l'adolescenza aveva superato in altezza anche i ragazzi più alti della sua età, tanto che non sembrava avesse molto senso andare avanti, gli amici di sua madre insistettero a mandarle roba fino a quando compì diciotto anni. E la madre aveva conservato tutto. Tutti i pantaloni della tuta, i maglioni, le magliette, i jeans a zampa d'elefante e le scarpe da ginnastica che aveva ricevuto per Dev erano ancora lì, chiusi nel suo armadio.

Dev scelse una maglietta e una felpa della tuta. La tuta era una vecchia tuta da calcio Mayo County, verde e rossa. Sulla maglietta c'era scritto NEVERMIND e il disegno di una faccia gialla da cartone animato, con le X al posto degli occhi e la lingua che spuntava dalla bocca, una smorfia malfatta.

Entrò in corridoio con i panni impilati tra le braccia. Sentì la doccia in funzione. Bussò e Sketch aprì appena la porta. Dietro di lui vapore e calore, il frastuono dell'acqua che martellava il fondo della vasca, il corpo del ragazzo una macchia indistinta rosa dall'altra parte della tenda.

"Bravo, Dev," disse Sketch prendendo i vestiti, sorrise e chiuse la porta.

Al piano di sotto, Gabe era sparito. Dev guardò nell'ingresso. Il vialetto era vuoto. Finì di riordinare la cucina e passò al salotto, sparecchiando il tavolino e sprimacciando i cuscini.

Sketch e Doll scesero, Doll con i vestiti scelti da Dev.

"Tuo fratello se n'è andato," disse Dev a Sketch.

"Lo so," disse Sketch.

"Ecco, siediti," disse a Doll, indicando il divano. "Metti qualcosa alla TV, Dev?"

"Cosa?"

"Un film, qualcosa."

Infilata in un drive esterno c'era una chiavetta con centinaia di film scaricati. Dev fece scorrere l'elenco con il telecomando.

"Che tipo di roba vuoi guardare?" chiese.

Sketch aggrottò le sopracciglia e fece scrocchiare le nocche.

"Quello che vuoi, chissenefrega."

"L'altra sera stavo guardando *The Wolf of Wall Street*."

"E *The Wolf of Wall Street* sia."

Dev riavviò il film. Sketch si sedette accanto al ragazzo sul divano e tirò fuori il sacchetto di erba che gli avevano confiscato. Rollò una canna, l'accese, la offrì al ragazzino.

"Sto bene così," disse Doll.

"Dev?" disse Sketch.

Dev fece no con la testa.

"Siediti," disse Sketch, "mi stai facendo innervosire."

L'unico posto che Dev poteva occupare era la poltrona accanto al camino. Era rivestita di velluto a coste rosso, con le righe ormai logore e consumate, la seduta sottile come una nuvola e indelebilmente impregnata di puzza di cane. Dev non la usava perché la considerava ancora la poltrona di suo padre, il luogo designato in cui suo padre si ritirava ogni volta che il malumore lo assaliva.

Quando Dev era piccolo gli sembrava che il padre passasse gran parte del suo tempo impantanato su quella poltrona, non solo intere giornate e serate, ma giornate e serate di fila, senza lasciare la poltrona se non per andare in bagno, senza andare da nessuna parte, senza andare al lavoro, mangiava a stento, non parlava con nessuno, nemmeno con la moglie e il figlio, la poltrona trascinata vicino al camino come una porta chiusa contro il mondo. Aveva un modo di stare seduto, con un gomito appoggiato sul bracciolo della sedia e il peso del corpo su quel gomito, la spalla e la testa pericolosamente inclinate in avanti, come se da un momento all'altro potesse cedere e lasciarsi cadere tra le fiamme, e in qualche modo rimaneva ore in quella posizione tortuosa, a fissare in silenzio le fiamme che ondeggiavano e mandavano scintille, o così sembrava di ricordare a Dev.

Una volta che si sistemava in quel modo, che si piantava nella poltrona, così vicino al fuoco che il caldo era insopportabile, voleva dire che nessuno poteva avvicinarsi a lui per nessun motivo, e nemmeno essere davvero presente nella stanza; lì Martin Hendrick rimuginava, o si crogiolava in un silenzio morboso indistinguibile dal rimuginio, il calore del fuoco che assediava la pelle fino a quando il suo stato d'animo – depresso, nero, del tutto indecifrabile – raggiungeva un culmine intimo. Allora si alzava, lasciava la poltrona e cominciava a muoversi per casa, di nuovo attivo, ma impegnato in un'elusività placidamente frenetica. Escogitava innumerevoli metodi per tenersi ai margini delle cose, lontano da Dev e dalla moglie. Scompariva nel seminterrato o in una camera da letto, nel giardino sul retro o nel cortile. Si assegnava dei compiti: inventariare gli attrezzi, mettere a punto il taxi, fare piccole riparazioni o presunte migliorie in casa e nelle vicinanze. Spesso erano lavori non necessari. Per esempio, all'improvviso decideva che le luci della cucina non funzionavano bene, che c'era un collegamento allentato, anche se né Dev né la madre se n'erano accorti. Faceva uscire tutti dalla cucina e spostava una sedia da un punto all'altro, vi saliva per armeggiare in modo imperscrutabile con le viscere di ogni presa del soffitto, dopodiché le luci si accendevano con la stessa identica luminosità e fissità di prima.

Poi poteva stare via per giorni, in giro per la contea a fare turni di quattordici o sedici ore, dopo ogni attacco di immobilità sulla poltrona lavorava dieci, dodici o diciotto giorni di fila, tutto preso a muoversi incessantemente.

Quei cicli iniziavano sempre con la poltrona.

Dev pensava che dopo la separazione la madre si sarebbe sbarazzata della poltrona, ma non fu così. Alla fine si rese conto che non era perché ci era affezionata. Sbarazzarsi della poltrona sarebbe stato un atto definitivo, e per una persona dotata dell'attitudine sfinita e cronicamente negativa come sua madre gli atti definitivi erano atti di presunzione, destinati a conseguenze impreviste e quindi avventati. La poltrona divenne una sorta di amuleto protettivo, un sistema di allarme: finché rimaneva al suo posto, vuota, significava che il padre non era lì. E così fu lasciata dov'era, accanto al camino, consegnata al purgatorio della vista, come qualcosa lasciato a marcire in una mostra.

"Siediti," ripeté Sketch, questa volta con la fermezza di un comando.

Dev non aveva scelta. Si piazzò sulla poltrona. Sentì i bordi duri delle molle del sedile che gli premevano contro la schiena, sentì le giunture del telaio affondare, bloccarsi e gemere sotto il suo peso. Per un attimo pensò che si sarebbe spaccata e sarebbe crollata sotto il suo peso, ma non fu così.

Sketch fumava e guardava il film con evidente concentrazione. Offrì a Doll lo spinello, che lui rifiutò. Iniziò a commentare ogni singola scena, anche se né Doll né Dev lo incoraggiavano a continuare. Ogni volta che la donna del film appariva sullo schermo, Sketch gemeva e diceva cose come *Guarda che roba, cosa le faresti, eh?* Cercava, nel suo modo brusco e grezzo, di tranquillizzare il ragazzo, di metterlo a suo agio.

Georgie entrò in salotto, si arrampicò sul divano e frignò un poco, appoggiando la testa alle costole di Doll, finché questi non cominciò ad accarezzarlo. Ben presto dagli angoli delle labbra nere di Georgie sfuggì una serie di borbottii felici. Proprio come faceva con la madre.

"Cosa stai guardando?" chiese bruscamente Doll.

Dev si rimise a sedere diritto.

"Niente," disse.

"Mi stai guardando."

"Come sarebbe che ti sto guardando?"

"Smettila e basta."

Sketch distolse l'attenzione dallo schermo per lanciare uno sguardo di gelida apprensione a Dev e poi al ragazzo. Afferrò Doll per la spalla e lo spinse in avanti con una forza tale che Doll dovette gettare avanti le mani per evitare di sbattere contro il tavolino, poi lo rimise a posto con uno strattone mentre i latrati furenti di Georgie riempivano l'aria.

"Può guardarti quanto vuole, va bene?" disse Sketch a Doll.

"Va bene," disse Doll, massaggiandosi la spalla.

"Ecco qua, vai," disse Sketch, all'improvviso di nuovo amichevole, offrendo la canna a Doll, "a questo punto tanto vale fumarlo."

In effetti il fumo e il suo odore avevano riempito la stanza. Questa volta Doll prese la canna.

"Io non stavo guardando niente," disse Dev. "Stavo solo pensando."

"Il grand'uomo stava pensando," disse Sketch. "A cosa stavi pensando?"

"A come mai quel cane in tutta la sua vita non ha mai considerato nessuno se non mia madre. E ora se ne sta lì seduto a fare il ruffiano con questo tizio."

"Qualunque cosa faccia il tuo cane io non c'entro niente," disse Doll, sulla difensiva.

Sketch riprese lo spinello e squadrò la testolina di Georgie.

"È un cane," disse con disgusto. "Non perderei due secondi a ragionare su quello che gli passa per la testa."

"Io stavo facendo proprio quello," disse Dev.

"Una volta ho visto una cosa in TV," continuò Sketch, "su come i cani percepiscono il mondo. I sensi e tutto. Tu pensi che ci sia il mondo, giusto? E che nel mondo il cielo sia blu, l'erba sia verde e la merda abbia un cattivo odore. Ma per i cani non è così. Quello che sentono, quello che fiutano, come vedono la luce e i colori, è tutto sballato e diverso rispetto a noi. Per loro il mondo è diverso." Sketch fece un tiro triste dalla canna. "Non mi piace pensarci."

"Io gli piaccio," disse Doll, "tutto qui."

"Quello che piacerebbe a me sarebbe bere qualcosa," disse Sketch. Guardò Doll.

"Dai, va' a prendere le birre."

Doll guardò Sketch e poi Dev quasi con aria accusatoria, come se fosse ovvio che Sketch si fosse sbagliato e intendesse rivolgersi a Dev.

"Vai, ragazzo," disse Sketch. "Prendine una anche per te."

Doll si alzò dal divano. Georgie piagnucolò e si riassestò nel posto lasciato libero. Dev guardò il ragazzino infilarsi nel corridoio. Sketch non seguì Doll con lo sguardo. Restò seduto a guardare la TV, con un accenno di sorriso sul volto. Un attimo dopo, sopra il rumore del film, Dev sentì il lieve schiocco aspirato e il rintocco vitreo dello sportello del frigorifero aperto in cucina. Doll tornò in salotto portando tre Corona.

"Ho dimenticato l'apribottiglie," disse.

"Vieni," disse Sketch, facendogli cenno di appoggiare le bottiglie sul tavolino. Sketch le stappò a mani nude.

Bevvero le birre in silenzio. La TV continuava col suo affidabile frastuono. Georgie si addormentò.

Dev sentiva la trama consunta del velluto a coste del bracciolo contro il palmo della mano. Si assopì e si ritrovò a fissare, le palpebre pesanti, la cavità nera del camino.

La verità è che quando il padre era finalmente andato a vivere nelle Unità il sentimento prevalente era stato di sollievo. Né Dev né sua madre lo ammisero mai l'uno con l'altra, ma non ce n'era bisogno. Nella sua scia era arrivata la pace, una pace che si espandeva e si approfondiva giorno dopo giorno, e dentro quella pace avevano organizzato il loro piccolo mondo comune. E anche dopo che la madre se n'era andata Dev aveva fatto del suo meglio, da solo, per preservare le condizioni di quell'accordo. Sapeva, dall'esterno, quanto tutto ciò potesse sembrare piccolo e misero, ma almeno viveva in un modo che era il suo. E poi erano arrivati i Ferdia. Si erano insinuati un po' alla volta nella sua vita e adesso avevano portato il ragazzino. Era un'intrusione che aveva sconvolto tutto. Lo sentiva alla bocca dello stomaco. Niente sarebbe stato più come prima.

6.

Gabe tornò poco dopo mezzogiorno. Dev lo aiutò a portare dentro la spesa e la birra, mentre per il pranzo Sketch riscaldava nel forno due teglie di lasagne surgelate. Il ragazzo fece fuori due porzioni abbondanti, mangiava a testa bassa, come se fosse imbarazzato dalla persistenza del suo appetito nonostante la situazione. Dev riuscì a mangiare solo qualche boccone, poi gli si annodò lo stomaco. Dopo mangiato, Gabe andò di sopra a riposare. Sketch e il ragazzo tornarono in salotto per continuare a bere e a guardare la TV. Dev riempì la lavastoviglie e li raggiunse, ma mentre passava in corridoio un brivido freddo, quasi estatico, gli percorse la nuca. Rimase fermo mentre una nuvola di macchie d'argento gli esplodeva davanti agli occhi. Deglutì e sentì la gola che si stringeva spugnosa, ristretta. Provò a muovere la mascella e la mascella cominciò a formicolare. Appoggiò mani e fronte contro il muro del corridoio per reggersi e chiuse gli occhi, convinto di stare per vomitare. Deglutì di nuovo, la saliva trasudava copiosa dalla toppa sempre più stretta della gola. Il cuore gli batteva all'impazzata e un ticchettio frenetico gli percorreva le tempie, come se avesse appena smesso di correre. Premette con forza le mani contro il muro, concentrandosi sulla solidità della superficie sotto la sua carne. Chiuse gli occhi e cominciò a inspirare dal naso e a espirare dalla bocca, lunghe boccate regolari, contando mentre respirava: tre secondi dentro e cinque fuori. Tre dentro, cinque fuori. Dentro. Fuori. Dentro. Fuori.

Contava, respirava e aspettava. Immaginò le superfici spoglie e grigie della stanza del dottor Jarleth al secondo piano dello studio medico in città, i soffocanti pomeriggi estivi che aveva passato lì. Il dottor Jarleth che gli diceva che *il corpo non può rimanere in uno stato di allerta permanente.* Diceva a Dev di *pensare al proprio corpo come a una macchina. Le macchine hanno i loro processi. Anche le cose brutte che succedono sono un processo, e tutti i processi finiscono.*

In breve la furia cominciò a perdere forza. Quel pulsare nel petto si attenuò. L'attacco stava arrivando alla fine. E poi finì.

Pensò a cosa fare. Andò in salotto.

Sketch fissava lo schermo con un freddo sorriso stampato in faccia. Anche Doll sembrava attento, o almeno era bravo a far finta, la testa alta e le spalle inarcate in avanti.

"Vado a fare un giro," disse Dev.

Sketch lo guardò.

"Stai bene?"

"Sì," riuscì a dire Dev.

"Un giro dove?"

"Qui dietro. Lungo il viottolo."

"Perché?"

"Voglio solo prendere un po' d'aria."

"Va bene," disse Sketch, "non allontanarti troppo."

"Certo," disse Dev.

Il *boreen* lo portò oltre i capannoni, così fatiscenti da sembrare preistorici, con i tetti di zinco arrugginiti color sangue secco, e poi ancora avanti, un campo vuoto dopo l'altro, le file di recinzioni di filo spinato allineate lungo i bordi. A circa un miglio dalla casa il *boreen* sfociava in un altro campo. Dev si fermò nel campo e studiò il cielo. La trasparenza del mattino era svanita, lasciando un bagliore grigio, sporco, e un'idea di calore calante, come una moneta tenuta troppo a lungo in mano. Il mal di testa era ancora lì, confuso e particolato, che spargeva sabbia agli angoli dei suoi pensieri; si ripromise di prendere del paracetamolo appena tornato a casa.

Cominciò a piangere un po', ma niente di che. Voleva stare da solo. Per Dev, i Ferdia potevano portare quel giovane in capo al mondo, spaccargli la testa e seppellirlo in una fossa, se questo voleva dire che poteva tornare a essere solo. Adesso che non era solo gli mancava sua madre.

Quando era morta Moira Hendrick era ormai una presenza così diffusa nella sua vita che aveva assunto una sorta di invisibilità, nel senso che i suoi effetti erano dappertutto, così dispersi e solidi che Dev non aveva bisogno di notarli o riconoscerli, come quando cresci in un certo paesaggio e alla fine smetti di vederlo perché ogni sua singola particella è impressa nella tua memoria.

Le madri hanno dei poteri, e la madre di Dev li aveva tutti. Era inarrestabile, chiaroveggente, riusciva a piegare la volontà del figlio in modo così abile da sembrare che fosse il contrario. I suoi stati d'animo si nutrivano di quelli di Dev e li contaminavano, e viceversa. Certo, lei era capace di controllarlo, rimproverarlo, perseguitarlo e farlo sentire in colpa come qualsiasi altra madre, ma era l'unico essere vivente che lui riusciva a sopportare quando stava male. Il che accadeva spesso. Da quando riusciva a ricordare era soggetto a lunghe e logoranti depressioni, si era sempre sentito vivo solo a metà, e il più delle volte nemmeno quello. Era stata la madre a tenerlo in piedi negli anni peggiori. Era stata lei. Le scuole secondarie erano quasi state la sua fine. La sera tornava a casa svuotato e pieno d'odio, con il carico di umiliazioni della giornata che gli girava compulsivamente in testa. Si accasciava davanti alla TV e metteva su *Home and Away*, una soap che seguiva le agonie romantiche di un cast di bellissimi adolescenti in una piccola città australiana. La città di *Home and Away* era un idillio balneare perennemente assolato, popolato da bei surfisti biondi – cani da pastore dorati con gli addominali scolpiti – e subdole ragazze scappate di casa, col cuore tenero, gli anelli al naso e strisce arcobaleno nei capelli. *Home and Away* era l'unica cosa in grado di far dimenticare a Dev sé stesso per mezz'ora. La madre sentiva che non era il caso di intervenire, era troppo ferito, e senza farsene accorgere entrava e usciva dalla stanza e gli faceva apparire il vassoio della cena sul tavolino davanti, poi la torta di rabarbaro e crema, quindi il tè e i biscotti. Più tardi, la sera, mentre guardavano il telegiornale e il film dopo il telegiornale, il morale di Dev si riprendeva abbastanza da consentire loro di riavvicinarsi, e si scambiavano commenti sarcastici su ciò che stavano guardando. Lei sapeva bene che non doveva mai chiedergli del suo umore o come andava la scuola.

Alle medie Dev aveva subito gravi atti di bullismo. Allora non era riuscito a dargli un nome. Non riusciva a indursi a farlo. Ma si trattava di questo. Sapeva, e sapeva di non doverlo dire.

Dev aveva dodici anni quando aveva iniziato la scuola secondaria. Non aveva ancora raggiunto la pubertà, e nemmeno molti altri ragazzi della sua classe. I pochi già cresciuti non si erano trasformati in uomini dalle spalle larghe e dalla barba folta, piuttosto avevano subìto una serie di strane sgradevoli manifestazioni: piaghe medievali e crepe che eruttavano sulle guance, improvvise esplosioni di peli, dolori alle articolazioni e un crepitio rauco e discontinuo nella voce, come se l'adolescenza fosse un raffreddore permanente.

Dev era ancora di dimensioni ordinarie, persino più piccolo della media. E sebbene si considerasse poco attraente, con gli occhi piccoli e una morbidezza pastosa e poco convincente nei lineamenti, non si riteneva eccezionalmente strano dal punto di vista fisico; c'erano un sacco di ragazzi più stupidi o più rammolliti o più imbranati di Dev, ragazzi strabici e afflitti da tic, con i denti sporgenti, l'alito cattivo e le orecchie a sventola. In termini di personalità Dev si considerava una nullità. Era mite e tranquillo, anche se non in modo evidente. Non pensava di risultare strano o eccentrico. Quando parlava, si limitava ad assumere posizioni sicure ed era vago e conformista quando esprimeva pubblicamente le sue opinioni. Si considerava intrinsecamente irreprensibile, uno che, nel bene e nel male, non si distingueva dagli altri.

Poi compì tredici anni e cominciò a crescere in altezza e larghezza, e diventò sempre più grosso. La sua voce si fece profonda. Le membra gli si allungarono e appesantirono, come se fossero piene d'acqua. In seconda era diventato impossibile da ignorare.

Tutti i ragazzi, tutti i bambini sono capaci di crudeltà quando le occasioni e le circostanze lo consentono, ma solo pochi diventano veri e propri fenomeni di sadismo: Joel Calmer, che aveva due anni più di Dev ma era nella stessa classe, era uno dei rari ragazzi per i quali l'adolescenza era stata un processo di miglioramento. A quindici anni ne dimostrava diciotto. Era alto e robusto, con la sagoma snella di un nuotatore e una pelle pulita che sembrava abbronzata tutto l'anno. Era un buon calciatore, la sua era una famiglia benestante e di spicco, era sicuro di sé e naturalmente popolare, anche se gran parte di questa popolarità, come Dev adesso può constatare, era estorta, un prodotto dell'aggressiva estroversione di Calmer e dello status sociale ereditato.

Un giorno Dev era accanto al suo armadietto, senza fare nulla, quando all'improvviso sentì uno strappo sullo zaino e prima di rendersi conto di cosa fosse successo si ritrovò per terra con l'osso sacro dolorante per la botta presa urtando il freddo pavimento di piastrelle. Il colpevole, lo studente che l'aveva fatto cadere, fece una breve risata – un unico muggito senza gioia, più simile a un grido – e continuò a camminare, senza nemmeno degnarsi di girare la testa per controllare la sua opera. Calmer.

Non accadde più nulla per settimane e Dev considerò quel primo incidente come un caso fortuito, un'effusione arbitraria di cattiveria che i ragazzi peggiori a volte scaricavano con indifferenza su chiunque si trovasse nelle vicinanze. Poi un giorno all'ora di pranzo Dev si trovò dietro a Calmer e ai suoi compagni in coda al negozietto. Il negozietto era gestito dagli studenti, stava nel seminterrato dell'edificio scolastico. Un bancone di legno massiccio che fungeva più che altro da barricata, era disposto davanti all'ingresso di un piccolo ripostiglio, e si potevano comprare dolci, bibite e materiale scolastico di base, come confezioni di mascherine e gomme da cancellare. Almeno un paio di volte la settimana, di solito durante la confusione che precedeva la prima lezione o nella pausa di metà mattina, un gruppo di studenti si accalcava contro il bancone e alla fine lo rovesciava per riversarsi in quel buco che era il negozietto. Alcuni ragazzi cercavano davvero di saccheggiarlo, ma la maggior parte si divertiva a correre e poi rovesciare il bancone, nel brivido collettivo e impulsivo di una distruzione innocua, fine a sé stessa.

Dev non invidiava i ragazzi incaricati di occuparsi del negozietto. Anche nei giorni in cui gli studenti non si trasformavano in una folla inferocita, quelli che lavoravano alla cassa dovevano sopportare un'incessante raffica verbale di burle, minacce e lusinghe, lamentele per l'eccessiva lentezza e la confusione delle ordinazioni, e accuse infinite di resti sbagliati.

Quel giorno Calmer era appoggiato al bancone e insultava il cassiere, Johnny Clarke, perché gli mancavano cinquanta centesimi per la bottiglia di Coca che voleva comprare.

"Prendi una lattina, per una lattina bastano," disse Clarke.

"Voglio una bottiglia, frocio," disse Calmer. "Voglio poterci rimettere il cazzo di tappo così non si sgasa."

Si girò a guardare i ragazzi alle sue spalle, il volto una maschera di granitica indignazione. Guardò oltre Dev, continuò a guardare, poi tornò a guardare Dev.

"Come hai detto che ti chiami tu?"

"Dev."

"Come?"

"Dev."

"Cosa?" gridò sopra il frastuono degli altri ragazzi.

"DEV!"

"Dev," ripeté Calmer, gli occhi che si accendevano di cattive intenzioni. "E Dev starebbe per cosa?"

"D-devereaux."

"Che cazzo è un Devereaux?" Calmer sbuffò.

"È il mio nome."

"Hai qualcosa che non va?" lo schernì Calmer, puntandogli un dito sulla tempia.

"Non ho niente che non va," disse Dev.

Calmer si avvicinò e parlò a bassa voce all'orecchio di Dev.

"Allora, Devereaux, hai un euro? Dammi un euro."

Il volto di Dev diventò bollente. La gola gli si bloccò, le mani si strinsero impotenti lungo i fianchi. Prima che potesse reagire, Calmer gli salì sulle dita dei piedi, gli tirò indietro la testa e lo guardò dritto in faccia. Dev ricorda ancora l'orribile intimità di quel momento, il luccichio ravvicinato degli occhi di Calmer e l'improvviso invadente calore del suo respiro quando infilò entrambe le mani nelle tasche di Dev e si mise a frugare, le dita che si muovevano avide nel sottile tessuto interno delle tasche dei pantaloni di Dev, scivolando sull'inguine di Dev, sul suo cazzo, finché non trovò il portafoglio di Dev e lo tirò fuori.

Calmer prese i soldi di Dev, un'unica banconota da cinque euro, poi frugò nel resto del portafoglio. Sfilò e scrutò in silenzio ogni carta – l'abbonamento dell'autobus di Dev, il bancomat d'emergenza che gli aveva dato suo padre, l'abbonamento a Xtravision – e si gettò tutto dietro le spalle. Quando ebbe finito, gettò anche il portafoglio.

"Ciao eh, Devereaux," annunciò Calmer, gli diede una pacca sulla spalla come se fossero amici, poi si voltò per riprendere a maltrattare Johnny Clarke dietro il bancone.

Dev si chiede ancora adesso, dal lontano rifugio del presente, perché quel giorno Calmer avesse scelto proprio lui tra tutti. Subito aveva attribuito la colpa alla sua stazza, alla pura vistosità della sua presenza; Dev era l'unico ragazzo della classe più grosso di Calmer, e forse a Calmer questo non piaceva. Dev si chiese anche se non ci fosse qualcosa che aveva detto o fatto, senza rendersene conto, in passato, in presenza di Calmer, per cui Calmer si fosse offeso. Ma quale ragione intuita poteva avere importanza? Alla fine Calmer aveva fatto così perché poteva. Da quel giorno Calmer e il suo gruppetto di scagnozzi puntarono Dev, lo presero di mira. Le angherie di Calmer divennero abituali. Al primo anno Dev aveva ancora quelli che si potevano vagamente definire amici, ragazzi che avevano frequentato la sua stessa scuola e a cui non dispiaceva la sua compagnia, ma quando il bullismo di Calmer si fece costante al secondo e al terzo anno quei ragazzi si stancarono delle sanzioni sociali in cui incorrevano se frequentavano Dev. Uno dopo l'altro, e poi tutti insieme, gli si rivoltarono contro per quello che vedevano come il suo rifiuto di farsi valere. La cosa li infastidiva soprattutto perché Dev era più grosso di Calmer e secondo loro, se fosse stato in grado di metterci un po' di coraggio o di incoscienza o di rabbia, avrebbe certo potuto rivoltarsi contro il ragazzo più grande. Ma Dev non ce la faceva. Tante volte era stato messo alle strette da Calmer o dai suoi luogotenenti e non aveva mai reagito, non aveva mai perso le staffe o sferrato un pugno, ma non era mai nemmeno crollato e non aveva fatto scenate di pianto che avrebbero potuto convincere i bulli che la loro campagna aveva fatto il proprio corso. Dev accettava ciò che gli veniva inflitto; quando lo maltrattavano rimaneva in silenzio, impassibile, e si sottoponeva a ogni supplizio in modo che ogni supplizio potesse giungere alla conclusione il più rapidamente possibile.

Il problema era che questa impassibilità faceva infuriare Calmer e i suoi compagni. C'era una logica nel bullismo, che con la sua resa permanente Dev sventava: i bulli si divertivano ad accendere e poi reprimere con enfasi la volontà della vittima, a estorcerle una certa dose di resilienza per poterla poi calpestare fino a farla a pezzi. L'aspetto paradossale della sottomissione istintiva di Dev era che non si poteva sottometterlo più di così, per quanto ci provassero, per quante volte gli sputassero in testa, gli dessero pugni sulle reni e lo prendessero a calci nel culo. Dato che non si ribellava, picchiare Dev era facile, così facile da essere privo di piacere, e così privo di piacere da diventare inutile, e l'inutilità non faceva altro che provocare i suoi frustrati aguzzini a raddoppiare gli sforzi la volta dopo. Così il ciclo continuava.

Quando gli amici abbandonarono Dev, gli altri ragazzi iniziarono a evitarlo. Essere una vittima era contagioso. Non volevano essere contagiati. Alla fine del terzo anno di scuola secondaria – l'ultimo esame che sostenne e superò per un pelo – Dev non aveva quasi più amici, era uno di cui chiunque poteva prendersi gioco.

Poi, al quarto anno, il suo ultimo anno di scuola, le cose peggiorarono. Era l'anno dopo che suo padre aveva avuto la crisi peggiore, quando aveva portato la prof di tedesco al Silver Strand. Miss Lacey. L'aveva rapita, in pratica, anche se solo per un paio d'ore, ma la cosa si era chiusa lì. Lui era finito alle Unità e l'incidente, la notizia circolata in fretta, generò qualcosa di peggio di una presa in giro o di un abuso. Gli altri ragazzi smisero del tutto di reagire alla sua presenza. Nei corridoi, i gruppi che prima erano indifferenti alla sua presenza ora smettevano di chiacchierare quando si avvicinava e riprendevano a parlare solo quando era lontano. Alla fine anche i bulli lo abbandonarono; Calmer e i suoi compagni passarono ad altri bersagli, ragazzi con un minimo di vivacità o di personalità, che potevano essere indotti a reagire sferrando un pugno. Dev divenne un fantasma, unanimemente invisibile.

Fu la solitudine di quell'anno scolastico a far quasi impazzire Dev. Fu umiliato dal disprezzo collettivo del corpo studentesco, le sue giornate divennero un inferno silenzioso e vuoto di monotonia senza attrito, senza nessuno con cui parlare se non gli insegnanti che gli si rivolgevano sempre più di rado in classe, perché anche gli insegnanti sembravano averlo abbandonato. I suoi pensieri, non richiesti, non articolati e accatastati in modo febbrile nella sua mente, cominciarono a nutrirsi di sé stessi, come topi imprigionati. Doveva tenere la testa enorme sempre bassa, perché non poteva sopportare i momenti in cui un altro ragazzo incrociava per caso il suo sguardo e lo distoglieva imbarazzato. Alla fine cominciò quasi a sentire la mancanza delle percosse di Calmer, perché quelle almeno implicavano un contatto umano. Calmer sembrava odiare Dev, prima, ma l'odio almeno era un investimento di sentimenti, un riconoscimento. Ora Dev non aveva niente e nessuno. Gli sembrava di essere diventato trasparente, la pelle e gli organi trasformati in vetro. Si sentiva come se stesse ruotando nel vuoto infinito dello spazio profondo.

Una notte, alle tre del mattino, a piedi nudi, in pigiama, Dev uscì di casa e camminò per tre miglia fino a un campo che aveva notato spesso durante il viaggio in autobus verso la città. Il campo era in salita e terminava in un ripido dirupo a ferro di cavallo, il risultato di uno scavo. Mentre percorreva la strada nel buio totale i suoi occhi cominciarono ad abituarsi e presto riuscì a distinguere le contusioni blu scuro dei campi con le loro sfumature diverse e le basse cime delle montagne in lontananza illuminate dalla luna. Si era preparato per tutto il percorso a saltare nei cespugli al lato della strada se fosse passata un'auto, ma non ne passò nessuna. Quando raggiunse il campo con lo scavo, i piedi gli facevano male, erano graffiati, bagnati e sanguinanti, e si lacerò ancora di più piedi, mani e avambracci arrampicandosi sul fosso fitto di rovi annodati.

Una volta lì si accorse che la parete pietrosa e scavata della collina non permetteva un salto imponente come aveva immaginato tutte le volte che l'aveva intravista dal finestrino dello scuolabus. Il dislivello era al massimo di sei metri e non sembrava un'altezza fatale, ma non aveva altro. Salì sulla spalla della collina, costellata di piccole pietre e sassolini appuntiti, tra le forme statiche e più grandi di alcune pecore addormentate, pallide e calde e apparentemente indifferenti alla sua presenza. In cima alla collina, si avvicinò al bordo e guardò a lungo verso il basso. Con un'esplosione di sollievo nero e sconfortante nel petto si convinse che il salto non bastava. Poteva farsi male, pensò, ma non sarebbe morto.

Si sedette e si mise ad aspettare, che cosa non lo sapeva, finché non cominciò a sentire freddo, allacciò le braccia intorno alle ginocchia piegate per conservare il calore del corpo.

Alla fine dietro di sé avvertì un ticchettio dentato che saliva dalla collina. Zoccoli.

Si voltò e nel manto della luce lunare apparvero gli occhi gialli e incandescenti, il muso lungo e la barba rada di una capra; le corna nervose e cheratinose all'inizio erano solo vortici di spazio negativo nell'oscurità. La capra si fermò a qualche metro di distanza, con la mascella che masticava meditabonda, e scrutò Dev con intelligenza concentrata. Dev la guardò. La guardò a lungo, come se potesse parlare, dirgli cosa fare, ma la capra si limitò a sua volta a guardarlo dritto negli occhi. Alla fine si voltò e si decise a fingere che quella creatura non ci fosse. Tirò su col naso e si pulì gli occhi umidi con il palmo della mano e fissò intensamente il cielo nero finché non riuscì a scorgere di nuovo i detriti radiosi delle stelle. Sentiva chiaro il bruciore delle decine di singoli tagli e graffi che gli costellavano le mani e i piedi. Si esaminò i piedi. Le nocche pulsavano per il freddo, ma le piante erano andate oltre il dolore, erano diventate insensibili e bianche come cera. Per un attimo immaginò di studiare i piedi del suo stesso cadavere. Ma era ancora nel suo corpo. Dove sarebbe stato se non fosse stato lì dentro? Cercava di immaginare di essere morto, morto per l'eternità. Era relativamente facile immaginare la morte; la morte sarebbe stata soltanto un sonno profondo e ignaro, una sedazione massiccia da cui non uscire mai. L'eternità era più difficile. L'eternità sconfiggeva l'impulso a dividere in cifre, a pensare in numeri e distanze. Dev riusciva a immaginare il trascorrere di cento anni, di mille, e riusciva persino a trattenere nella testa l'idea, anche se astratta, del trascorrere di un milione di anni, ma il problema era che qualsiasi arco di tempo si potesse pensare, per quanto enormemente esteso – un miliardo di anni, un trilione, un trilione di trilioni – era comunque finito, un pezzo di tempo che passava e passando finiva. E se finiva non era l'eternità. E l'eternità non finiva mai, ma non doveva nemmeno iniziare, perché un inizio era solo un altro punto definito, una divisione o una linea di confine che separava un pezzo di tempo da un altro. Quindi non aveva nulla a che fare con il tempo. Ma dove si trovava l'eternità? Come ci si arrivava? Oppure magari eravamo già lì? Ci eravamo già dentro e ci saremmo sempre stati, e dalla prospettiva dell'eternità, se si può dire che l'eternità abbia una prospettiva, non faceva differenza se eravamo vivi o morti, perché nell'eternità potevamo essere, contemporaneamente e per sempre, entrambi? Queste idee non gli piacevano. Aveva riflettuto molte volte su simili idee e tutte le volte la sua mente riusciva ad andare solo fino a un certo punto e non oltre.

Dietro di lui la capra sbuffò. Dev si voltò verso di lei e la guardò addensarsi, così vicina da poterla toccare. Dev allungò la mano e la capra la annusò, con aria interrogativa, forse credendo che Dev le stesse offrendo qualcosa da mangiare. Lui aprì il palmo della mano per mostrarle che no e la capra fece scivolare la bocca intorno all'indice e lo morse. Dev urlò e ritrasse la mano. La capra indietreggiò di qualche passo e riprese a osservare Dev con l'attenta neutralità di prima. Dev si strinse il polso. Una fascia di dolore bianco e pulsante gli circondava il dito. Gli sembrava che con quel morso gliel'avesse staccato, ma vedeva che era ancora lì. Gemette, si dondolò, in attesa che il dolore si attenuasse. Era infreddolito, dolorante dappertutto, il dito gli faceva male e si rese anche conto che stava morendo di fame. La luce cominciò ad affiorare all'orizzonte e Dev accettò che tutto ciò che poteva fare al momento era tornare alla sua vita. Era una piccola vita pietosa, ma era la sua. Tenendo d'occhio la capra per tutto il tragitto, Dev scese dalla collina, tornò sulla strada e iniziò a zoppicare verso casa.

A metà strada raggiunse un contadino e una bambina in uniforme scolastica che guidavano una piccola mandria di bestiame lungo la via. Dev conosceva il contadino, ma non era sicuro del suo nome. Agli occhi del contadino e della bambina aveva sicuramente un aspetto spaventoso, ma loro quando lo videro non sembrarono affatto turbati. Il contadino bloccò le mucche in mezzo alla strada.

"Dio onnipotente, il pellegrino scalzo," disse in segno di saluto, e poi: "Sei stato in guerra, a quanto sembra."

"Sto bene," disse assurdamente Dev.

"Tu sei il giovane Hendrick."

Dev disse sì.

"Giovanotto, hai bisogno di tornare a casa e io sono felice di accompagnarti in macchina, ma prima ho queste mucche da portare nella stalla in fondo alla strada e non possono aspettare. Già che ci sei puoi darci una mano?"

Le mucche si aggiravano benevole in mezzo alla strada. I loro corpi irradiavano calore. L'odore gradevole dello sterco incrostato sulle loro cosce riempiva le narici di Dev. Disse sì. Quando arrivarono all'ingresso della stalla, il contadino piazzò Dev alla fine della strada e lui e la bambina fecero passare le mucche dal cancello.

Come promesso, il contadino accompagnò Dev a casa. Quando aprì la porta a Dev e al contadino, la madre fece la faccia di chi ha visto un fantasma. Dev si lavò e le raccontò finalmente tutto: di Calmer, della scuola, della sensazione che aveva ormai continuamente di essere fatto di vetro, di girare nel vuoto infinito dello spazio profondo.

Sua madre ascoltò tutto. Distolse il viso in modo che lui non le vedesse gli occhi. Dopo che lui ebbe finito di parlare disse: *Dev, se riesci a trovare un lavoro lascia perdere la scuola.*

Così Dev lasciò la scuola e trovò un lavoro. Aveva sedici anni. Non era morto. All'inizio il lavoro era part-time, nello stabilimento Complere di Ballina, e quando compì diciotto anni entrò a tempo pieno. La Complere faceva apparecchiature mediche. Dev lavorava sulla linea che produceva sacche per stomia. Una sacca per stomia era essenzialmente una busta di plastica impermeabile con un tappo di chiusura che poteva essere attaccata a uno stoma. Uno stoma è un'apertura praticata chirurgicamente all'esterno del corpo, che consente l'accesso permanente all'interno. Il tappo di chiusura viene posto sullo stoma e l'involucro di plastica raccoglie i rifiuti interni che il corpo non può espellere in modo convenzionale. Il lavoro era lavoro di fabbrica, ripetitivo e implacabile, ma rispetto alla scuola Complere era un paradiso. I colleghi di Dev erano più anziani, per lo più trentenni e quarantenni, ma nonostante il divario di età lo trattavano come chiunque altro. In linea c'erano battute e scherzi: dire qualcosa di stupido o sbagliare provocava qualche parola di scherno, ma le cose non diventavano mai vendicative. Nessuno se la prendeva con Dev, nessuno lo teneva d'occhio. Dev apprezzava la compagnia di chi era più grande di lui. Prendevano le cose con calma. Affrontavano ogni giorno, che di solito era uguale al giorno prima, con uno spirito di rassegnata afflizione.

Erano persone che si erano adagiate in uno stile di vita. Avevano il loro lavoro, e quasi tutti una famiglia di qualche tipo, e al di là di questo il resto del mondo era qualcosa da osservare, a cui partecipare e su cui fare congetture fino a un certo punto, ma non una cosa a cui dedicarsi troppo; in pausa l'argomento più popolare era di gran lunga il lavoro. I dipendenti più esperti si lamentavano con cognizione di causa di ogni piccola modifica al programma o al processo di produzione, per poi lamentarsi di nuovo quando le modifiche venivano ritirate o ancora riviste. Ne sapevano sempre di più della direzione, e provavano grande gusto nel prevedere gli inevitabili inconvenienti di qualsiasi modifica proposta alla procedura. Immaginavano di avere un rapporto molto più conflittuale con la direzione di quanto non fosse in realtà. Si confidavano incessantemente, ma solo tra di loro, e solo nel tempo libero. Sul lavoro facevano sempre quello che gli veniva detto e nessuno di loro aveva intenzione di licenziarsi. Era un buon lavoro.

Passò un anno, poi un altro. La presa che la scuola aveva sull'immaginazione di Dev cominciò a diminuire. Una volta, quando aveva vent'anni e si trovava al pub con i colleghi della Complere per la festa di Natale di quell'anno, vide l'inconfondibile fronte di Joel Calmer scorrere nel mare di teste della sala. Dev non era solo, era con gli altri, ma il suo corpo reagì; le sue viscere cominciarono ad agitarsi e il cuore accelerò. Calmer parve puntare verso Dev ed emerse dalla folla con lo stesso sguardo penetrante e interrogativo, valutando freddamente tutto ciò che lo circondava. Calmer vide Dev e smise di muoversi. Per ben due secondi, tre, parve guardare proprio Dev, poi passò oltre senza alcun cambiamento o mutamento di espressione.

Ripensando a quel momento, Dev si chiese se Calmer, che ormai era all'università o lavorava, non solo l'avesse ignorato, ma in qualche modo non l'avesse riconosciuto; come se ogni traccia di Dev fosse scivolata via dalla testa di Calmer. Dopotutto Dev era riuscito a fare ciò che ogni altro adolescente aveva solo fantasticato: aveva lasciato la scuola, aveva abbandonato il gioco per sempre. Forse questo l'aveva trasformato in qualcosa di non elaborabile, un vicolo cieco o un buco inciso nella memoria collettiva dei suoi coetanei, uno il cui destino si era così completamente e irrevocabilmente discostato da quello di tutti gli altri che era come se non fosse mai esistito.

Dev entrò dal cancelletto del giardino. La porta dietro era aperta. Gabe era seduto appena dentro, con la gamba della sedia appoggiata alla porta per tenerla socchiusa. Era in canottiera, a piedi nudi. Per terra ai suoi piedi c'era una tazza che fumava.

"Dev Hendrick," annunciò con un sorriso quando Dev si avvicinò alla porta. "Pensavo che te la fossi data a gambe anche tu."

"Non c'è pericolo," disse Dev, asciugandosi i piedi sullo zerbino. Poi si sedette sulla soglia e cominciò a slacciarsi gli stivali.

"I tuoi *broga* sembrano due SUV, Dev," disse Gabe.

"In Irlanda non si trovano della mia taglia," disse Dev. "Devo ordinarli in Norvegia."

"Cristo."

"Hai dormito?"

"Come un morto."

"Come va lì dentro?"

"Quei due vanno d'amore e d'accordo, adesso."

"Sketch sfiancherebbe chiunque."

"Dovevi vederlo da giovane," disse Gabe. "Non è il tipo che si fa problemi a prendere la gente per sfinimento. Come sta il ragazzo oggi, secondo te?"

"In che senso?" disse Dev.

"Di umore. Sta bene?"

"Immagino di sì."

"Come si è comportato con te?"

Dev si tolse uno stivale e guardò Gabe.

"Ieri sera è stato molto insolente con te," disse Gabe. "Anche prima di picchiarti con la scarpa e saltarti addosso. Ho lasciato correre per via delle circostanze. Ma l'ho notato."

Dev scrollò le spalle come se non avesse capito bene quello che Gabe stava dicendo, o non avesse importanza.

"Da quanto tempo sono lì dentro a bere e fumare?" chiese Gabe.

"Da un po'. Tutto tranquillo, almeno fino a poco fa."

"È tutto tranquillo finché non lo è più."

Gabe spense la sigaretta nel boccale vicino ai suoi piedi.

"La situazione," disse, "è insolita. Ma non c'è da preoccuparsi."

"Non sono preoccupato."

"Tu diresti che quel ragazzo seduto lì dentro, che beve e fuma con Sketch… ti sembra uno che sta qui contro la sua volontà?"

Dev si tolse il secondo stivale, lo mise accanto alle Crocs all'interno della porta, prese le Crocs e iniziò a calzarle.

"Cosa vuoi che ti dica?"

"Ho chiesto la tua opinione. Voglio la tua opinione."

"Il ragazzo sta lì seduto perché deve. Fuma e beve perché lo vuole Sketch."

"Però non credo che stia soffrendo."

"A un certo punto ha cercato di andarsene. Ha cercato di uscire di casa, ma voi non glielo avete permesso."

"Dici quando ti è saltato addosso, Dev?"

"Mi è saltato addosso, sì, ed è scappato. Voleva andarsene, bisogna dirlo, e Sketch ha dovuto fermarlo."

"Abbiamo un problema, lo sai."

"Ho visto i segni che ha sui polsi."

Gabe guardò Dev. Con abili invisibili colpetti della lingua fece navigare la sigaretta da un angolo all'altro della bocca.

"Direi che il ragazzo è in buone condizioni, tutto sommato. Lo manteniamo nutrito e idratato. Tu sei appena uscito a fare una passeggiata nei campi. Io mi sono alzato dopo un pisolino. Prima abbiamo fatto colazione tutti insieme, abbiamo pranzato. Stiamo cercando di mantenere una situazione civile, e direi che è stata una giornata civile."

Dev si alzò e passò davanti a Gabe.
"Tu sei un grande esempio di civiltà," disse.
"Vero," disse Gabe.
"Posso chiederti una cosa?" disse Dev mentre tirava fuori dall'armadietto la scatola dei medicinali.
"Chiedimi quello che vuoi."
"Si tratta di te."
"Spara."
Dev aprì un rubinetto, si mise in bocca due compresse di paracetamolo e bevve un bel sorso d'acqua.
"Tu sei morto," disse.
"Sì."
"Sei morto due volte."
"Così si dice."
"Non è una cosa facile da capire."
"Infatti."
"Com'è stato?"
"Com'è stato cosa?"
"Essere morto."
"Be'," disse Gabe, "la domanda è questa, no?"
"Sì."
Gabe tirò una boccata di fumo.
"Il fatto è che i medici hanno detto che ero solo clinicamente morto," disse, "e hanno detto anche che è più un termine tecnico che altro."
"C'è dentro la parola morto, qualunque cosa sia," disse Dev.
Un'espressione che Dev non riuscì a leggere passò per un attimo sul volto di Gabe. Sembrava che stesse per dire qualcosa, ma esitò e poi rivolse a Dev un sorriso di stanca malizia.
"Non è stato niente," disse.
"Niente."
"Niente," ripeté Gabe. "Le luci si sono spente sul serio. Niente."

Dev ripensò a sua madre vicino alle aiuole, a quando aveva trovato il coraggio di mettersi sopra di lei e guardarla e si era reso conto che un corpo vivente conserva una tensione, anche quando dorme o è comunque incosciente, che si percepisce solo quando non c'è più. Quello che ricordava era l'assenza di tensione del corpo di lei, come se fosse stata tagliata una corda.

"Pensavo che ci fosse dell'altro," disse.

"Negli ambienti che frequento incontro moltissime persone che, diciamo, si trovano invischiate in uno stato avanzato di rischio. Uomini destinati a non durare comunque molto in questo mondo che vogliono sapere cosa sta per succedere. Si fanno un paio di bicchieri, si avvicinano e cominciano a farmi le stesse domande che mi fai tu. E le mie risposte non piacciono più di quanto piacciano a te. Credo che a conti fatti la gente preferirebbe le fiamme dell'inferno e la dannazione piuttosto che niente."

"Io no," disse Dev, "io preferirei il nulla."

"Davvero?" disse Gabe. Inclinò la testa e sgranò gli occhi mentre soffiava un filo di fumo da un lato della bocca. "In ogni caso ti dico quello che ho detto a loro. E cioè che non sono un'autorità in materia."

"No?" disse Dev.

"Come faccio?" disse Gabe. "Non sono ancora qui con voi?"

Cenarono con panini alla salsiccia, ali di pollo in salsa piccante e pane all'aglio, poi Gabe si cambiò e disse che usciva. Sketch mise su *Nemico alle porte*, poi *10 cose che odio di te*. Quando il film finì guardarono la fine del telegiornale, il bollettino meteo. Il meteorologo era davanti a una cartina dell'Irlanda piena di disegnini di soli e nuvole e gocce di pioggia, ma Dev sapeva che in realtà dietro di lui c'era un *green screen*, una striscia di stoffa verde senza niente sopra fissata a una parete dello studio, e che la pantomima di gesti ampi che stava facendo era rivolta al nulla.

Sketch cominciò a stancarsi. Dopo un po' disse che era ora che il ragazzino scendesse per la notte. Sketch portò Doll nel seminterrato e Dev si sedette al tavolo della cucina. Non sentì alcun rumore, nessuna resistenza. Sketch tornò su e si prese il divano.

A un certo punto Dev fu svegliato nel letto dai fari che scorrevano sul soffitto e poi calavano e dal rumore di un'auto che saliva dal vialetto, un silenzio raccolto o un sospiro, come la marea. Suo padre aveva l'abitudine di arrivare a tutte le ore.

Ascoltò i piccoli discreti rumori di Gabe che scendeva dall'auto, il lieve scricchiolio della sua camminata mentre calpestava la ghiaia. La porta d'ingresso si aprì e si chiuse e un minuto dopo il mormorio pieno di bassi della voce di un Ferdia e poi dell'altro. Salivano dal salotto. Cercò di capire cosa stavano dicendo, ma a quella distanza le voci erano troppo smorzate per essere decifrabili. Si addormentò al basso borbottio fraterno dei Ferdia.

7.

Nicky si svegliò nel letto di Doll, vomitò nel water e andò al piano di sotto. Per arrivare in cucina dovette attraversare il salotto. Il salotto degli English aveva lo stesso aspetto di sempre, solo un po' più trasandato ed evidente nello sgradevole chiarore della luce severa della tarda mattinata: la similpelle unta color caramello del divano, così vecchia che alcune parti sembravano rapprese, i cuscini malandati, inseriti come imbottiture di carta sulla sedia a dondolo zoppa che non dondolava più, il vecchio televisore *widescreen* con lo schermo ricoperto da una patina di polvere scintillante che a Nicky faceva prudere la gola solo a guardarlo. Entrò in cucina dove Sheila, con i suoi occhiali scuri, guardava fuori dalla finestra sopra il lavello, in attesa del bollitore elettrico che sferragliava rumoroso nella sua base.

"Eccola qui." Sheila sorrise. "Come va la testa?"

"Non male," mentì Nicky.

"Siediti lì."

Nicky si sedette grata al tavolo della cucina.

"Tè?"

"Assolutamente sì."

Sheila aprì lo sportello della lavastoviglie e tirò fuori due tazze dalla dentatura tintinnante del vasellame che affollava il cestino in alto.

"Ti va un po' di salsiccia e bacon?"

"Impossibile," disse Nicky con una smorfia.

Sheila preparò il tè e si sedette a tavola vicino a Nicky. Chiese della serata, dove erano andati e chi avevano visto. Nicky bevve piano il suo tè, evitando di lasciarsi sfuggire qualcosa che potesse far pensare che lei e Doll avevano litigato. Mentre parlavano, Sheila lanciava sguardi intermittenti alle spalle di Nicky nel corridoio: si aspettava che Doll le raggiungesse da un momento all'altro.

"Non c'è," disse Nicky con un piccolo scatto di coscienza, come se stesse finalmente ammettendo una disonestà.

"Oh?"

"Ci siamo persi di vista alla festa di Cannon ieri sera."

"Doll non c'è?"

"No."

"E dov'è?"

"Da Cillian, immagino."

"Può essere," disse Sheila. Si irrigidì e si tolse gli occhiali per pizzicarsi il ponte del naso. "Come va in quella casa?" chiese.

"Tutto abbastanza tranquillo," disse Nicky, parafrasando Doll per non lasciarsi sfuggire senza volerlo la propria opinione su Cillian. Guardò Sheila rimettersi gli occhiali sul naso e trasalire mentre si stropicciava piano la nuca.

"L'emicrania alla fine è arrivata?" disse Nicky, richiamando il dialogo in macchina del giorno prima. Voleva cambiare discorso.

"Oh, be'," sbuffò Sheila con sommessa stizza, "non ha ancora sfondato gli argini, ma di certo continua a gironzolare e a pensarci."

"Vedi le… aure?"

Sheila guardò la finestra della cucina piena di luce.

"Ti sembra luminoso il cielo?" chiese a Nicky.

"Normale," disse Nicky dopo un attimo.

"Come pensavo," disse Sheila. "Sei tornata qui da sola?"

"Sì."

"Hai preso un taxi?"

"No, sono venuta a piedi."

"Da sola? A che ora?"

"Era tardi," ammise Nicky. "Ma la passeggiata me la sono goduta. La mia testa ne aveva bisogno."

"E lui ti ha piantato lì?"

"La festa era piuttosto movimentata," disse Nicky. "Ho provato a chiamarlo, ma non era raggiungibile. Sono venuta qui perché eravamo d'accordo che saremmo tornati qui insieme."

"E lui è andato da Cillian."

"Dove altro potrebbe essere andato?"

Sheila si accigliò mentre elaborava queste informazioni e i sottintesi. Guardò Nicky.

"Perché ti ha mollato lì così? C'è un motivo?"

"Non lo so," borbottò Nicky.

"Non posso credere che sia stato così sconsiderato," disse Sheila, permettendosi di diventare sprezzante ora che pensava di avere un quadro chiaro degli eventi. "Andar via e lasciarti tornare a casa da sola nel cuore della notte."

"Te l'ho detto," disse Nicky "la festa è diventata un po' un casino."

Nicky riuscì a tirare avanti con le chiacchiere ancora qualche minuto, poi si alzò da tavola. Tornò di sopra, affrontò qualche conato di vomito sulla tazza e andò via poco prima di mezzogiorno, la testa un martellio di merda, i due Nurofen regalati da Sheila che le si scioglievano nella pancia. Il Nurofen placò i conati abbastanza da permettere all'aria di campagna di stimolare la sua fame. Fece un salto da Applegreen e tentò un dolce alla cannella che dovette buttare dopo un paio di morsi.

Entrando nel quartiere di Glen Gardens per recuperare la macchina pensò di passare da Cillian per vedere Doll.

Ma l'idea di dover sopportare la presenza di Cillian anche solo per due minuti con i postumi della sbornia la fece desistere. Probabilmente Doll stava ancora smaltendo la ciucca della sera prima e lei aveva da fare, doveva andare al lavoro. Prese la macchina e uscì dal quartiere in fretta.

Mentre se ne andava cominciò a piovere. Scese lungo le banchine, il lungomare era una distesa grigia, la pioggia si ammassava e scoppiettava come pluriball sul parabrezza, il Moy era di piombo. Un gabbiano era impegnato in una sfida mortale con un cartone di polistirolo, scuoteva e sbatteva la scatola bianca con furia cieca sull'acciottolato. Il parcheggio della cattedrale era stracolmo, un carro funebre attendeva accanto ai gradini, la luce correva lungo le finiture argentate della lunga carrozzeria slanciata. L'ultima volta che aveva messo piede nella cattedrale era stato per il funerale del padre, e prima per quello della madre.

"Ma vaffanculo," disse, e scacciò quei ricordi dalla mente.

Sulla Main Street il secondo giorno del festival si avviava incerto. C'erano diverse bancarelle aperte, ma a quell'ora e con quel tempo c'erano solo poche persone in giro. Attraverso il filtro della sbornia anche tutti gli altri le sembravano reduci da una bisboccia, e camminavano sotto la pioggia pallidi, stretti nelle spalle.

La sua casa era sulla strada per Foxford. Nicky si fermò nel parcheggio che come al solito era per tre quarti vuoto. L'edificio in sé non era granché. L'esterno, che in origine era color crema, si era sbiadito fino a diventare del colore macchiato e indistinto di un dente morto, e le aiuole che costeggiavano il giardino erano state riempite con cumuli di trucioli di plastica nera avvolti in fogli di poliuretano: una misura temporanea che ormai sembrava definitiva. Nicky parcheggiò, spense il motore e salì al piano di sopra.

La prima casa della famiglia si trovava alla periferia del villaggio di Knockmore, sei miglia a sud di Ballina, sulla riva del Lough Conn. Dopo la morte dei genitori per Nicky era diventato sempre più difficile stare lì. Le associazioni di idee crescevano e si sprigionavano da ogni elemento e aspetto della casa; i graffi marrone chiaro nelle venature scure della balaustra, la bottiglia di Fairy Liquid vuota per tre quarti spinta in fondo alla nicchia sotto il lavandino, gli accumuli di grasso che intasavano la griglia della cappa del fornello, che conservava il sentore delle fritture domenicali di suo padre... la casa era infestata, sopraffatta dai ricordi. E le associazioni di idee, invece di svanire con il passare degli anni, sembravano solo aumentare di forza e di numero. Connor l'aveva capito quando lei gli aveva detto che non riusciva più a vivere lì. L'anno prima avevano venduto la casa e da allora vivevano in affitto.

Una volta entrata, Nicky buttò le chiavi sul tavolo e aprì il frigorifero. Bevve un lungo sorso di succo di mela dal cartone e controllò il telefono. Il suo turno iniziava alle quattro. Era già l'una passata. Aveva bisogno di lavarsi e di dormire, in quest'ordine.

Dopo la doccia, si sedette sul divano del salotto e si asciugò i capelli col phon. Le pareti dell'appartamento erano bianche e spoglie. Da quando si erano trasferiti avevano fatto ben poco per la casa. Connor aveva ceduto l'incarico di arredarla interamente a lei, ma Nicky non era il tipo di persona che deve per forza dare un'impronta alla casa, attribuirle un sapore esprimendo la sua personalità. Le foto di famiglia erano ancora sotto il letto, riposte nella scatola dentro cui le avevano portate lì. Molti degli elettrodomestici e dei mobili lasciati dagli inquilini di prima – il bollitore scadente e il televisore troppo piccolo per lo spazio, le lugubri tende marroni del salotto fatte con una specie di tessuto sintetico appiccicoso – avevano continuato a usarli. C'erano anche altri oggetti in disuso: una lava lamp morta e spinta in fondo allo scaffale modulare del salotto, una pila di DVD che non avevano modo di guardare, un libro di fotografia in bianco e nero e un libro di cucina, entrambi così deprimenti nel loro modo generico che né lei né Connor si erano mai presi la briga di sfogliarli. Ma aveva comunque tenuto tutto. Erano oggetti inutili ma innocui, la giusta quantità di cianfrusaglie che ogni vita pare richiedere.

Andò a letto e sognò di essere su una barca. Una piccola barca a remi, con la vernice rossa che si staccava dalle assi curve dello scafo e la prua che faceva su e giù. Vide in lontananza scure masse di terra a ciuffi e capì dove si trovava. Era sul Lough Conn. Le isole del Lough Conn erano piccole e inospitali, tutte coste rocciose e poveri depositi di terra soffocati da boschetti di sterpaglie annodate, anche se la gente aveva vissuto per secoli sulle isole più grandi e aveva continuato a farlo fino agli anni cinquanta. Glielo aveva raccontato suo padre. Quando era bambina l'aveva portata con Connor sulle isole, a passeggiare tra le rovine rimaste dei piccoli cottage di pietra.

C'era suo padre con lei, adesso. Tom Hennigan era seduto in silenzio sulla panca centrale della barca, i polsi appesi, pronti all'azione, alle maniglie dei remi già tuffati in acqua. Non stava prestando attenzione a Nicky; sotto la tesa lacera del suo berretto grigio di lana i suoi occhi osservavano l'acqua con calma costernazione. Nicky seguì il suo sguardo. A una decina di metri alla loro dritta si stava avvicinando un gruppo di nuotatori, con la fronte e le spalle che lampeggiavano eleganti rompendo la superficie, come foche.

"Quelle povere creature stanno morendo di sete," annunciò il padre in tono freddo e divertito.

Nicky sapeva cosa stava succedendo. Dopo che gli ultimi abitanti se n'erano andati, le isole a quel che si diceva erano diventate luogo di ritrovo privilegiato per i contrabbandieri che governavano distillerie illegali di Poitín. La leggenda narra che i contrabbandieri, prima di abbandonare a loro volta le isole, seppellirono scorte di Poitín in diverse isole. Nelle estati della sua infanzia, le aveva raccontato il padre, gli uomini del posto che ne erano a conoscenza avevano l'abitudine di uscire a nuoto, dissotterrare le bottiglie e prelevare un solo sorso da ogni bottiglia prima di seppellirle di nuovo e nuotare verso la prossima isola. Quando tornavano a riva gli uomini erano esausti, allegri e mezzi ubriachi.

"Dobbiamo battere quegli stronzi sul tempo," disse suo padre. Prese i remi e cominciò a remare con solenne determinazione. La barca sobbalzava mentre prendevano velocità, ma invece di scivolare in avanti cominciò a virare, a virare e poi beccheggiare. Il lago sembrava completamente calmo, ma Nicky vide la prua che si sollevava all'improvviso, con un angolo così alto che era sicura che stessero per rovesciarsi. Si chinò mentre si inclinava sulla panca su cui era seduta e si abbracciò le spalle. Una pozzanghera d'acqua lacustre sciabordò sul fondo della barca intorno ai suoi piedi. Sapeva che il lago era freddo da morire. Aveva paura.

"Papà, stai attento," si sentì dire, implorante.

"Potresti darmi una mano invece di piagnucolare come una bambina," disse suo padre, con voce limpida, amara e urgente. Poi la barca si ribaltò e lei si svegliò.

Stava suonando la sveglia. Nicky si puntellò sul gomito e si guardò intorno nella stanza vuota. Si asciugò gli occhi e riaffondò la testa sul cuscino. Non le piaceva sognare i suoi genitori. Anche se poteva solo ricordarne la gentilezza, la pazienza e l'infinita sollecitudine da vivi anche quando stavano diventando sempre più deboli e malati, nei suoi sogni erano invariabilmente guariti, ma in compenso erano spesso arrabbiati o distanti o evasivi verso di lei, come se, preservati nella mediazione straniante della morte, non sapessero più bene chi era.

Quando la sveglia ricominciò a suonare si rese conto di essersi riaddormentata. Saltò giù dal letto. Finì di vestirsi e controllò di nuovo il telefono – ancora niente da Doll – e si accorse di essere in ritardo.

Nicky mandò un altro messaggio a Doll: *Chiamami quando ricevi msg. Vado al lavoro. Spero tu abbia dormito bene*, entrò dalla porta sul retro del Pearl e seguì il corridoio ricoperto da una spessa moquette rossa fino al bar e al ristorante dell'hotel. La parete di fondo del ristorante era una serie di vetrate luminose che si affacciavano su una terrazza all'aperto, si vedevano il Moy e Belleek Wood sulla riva distante.

Rebecca Nicholson era dietro il bancone. Il bar era già molto animato.

"Scusa, scusa, scusa," disse Nicky non appena Rebecca la vide. Nicky si mise subito a prendere ordini. Dopo un po' Kieron Flynn entrò dall'arco e le si fermò davanti. Flynn aveva trent'anni, le spalle larghe ed era alto un bel po' più di Nicky. Portava un piercing alle sopracciglia e la testa rasata; aveva iniziato a perdere i capelli qualche anno prima e aveva finito l'opera prima che la natura potesse fare il suo corso. La guardò a lungo, torvo.

"E che cazzo, Hennigan," disse.

"Scusa," disse, "è andata che..." ma non ebbe il coraggio di finire la scusa.

"Lo vedo dalla tua faccia com'è andata," disse Flynn, "Allora. Questo finesettimana, soprattutto questo finesettimana, ho bisogno che quando devi esserci tu ci sia."

"Lo so," disse Nicky.

Prese dallo scaffale una bottiglia di Greenspot e se ne versò un bicchierino. "Bevi," ordinò.

Nicky prese il bicchierino e lo mandò giù. Cercò di scusarsi di nuovo, ma prima che potesse aprire bocca Flynn la bloccò con un gesto infastidito.

"Vai," disse, "c'è del bestiame da abbeverare." Poi girò sui tacchi e scomparve oltre l'arco.

"Guardate la signora che soffre," commentò giulivo Douglas Casey. Era seduto al suo solito posto al bancone. Era un contadino. Quasi sempre nei finesettimana veniva a cenare al bar e la sua routine non era stata interrotta nemmeno dal caos del festival. Vicino al suo gomito un piatto con due costolette d'agnello ridotte all'osso dentro una pozza di sugo, e accanto al piatto un bicchiere vuoto con il segno luminoso rimasto dopo che il latte era stato bevuto. Casey stava sfogliando il menu plastificato, la testa inclinata all'indietro, gli occhiali da lettura che gli scivolavano a metà del lungo naso padronale.

"Credo che tu abbia imparato a memoria tutto quello che c'è scritto," gli disse Nicky.

"È un'enorme consolazione," disse Casey, "sapere che si conoscono bene le proprie opzioni. Posso chiederti se oggi la gelatina è gelatina rossa?"

Nicky guardò Rebecca.

"Sì," disse Rebecca.

"Benissimo. Prendo la gelatina e il gelato."

Rebecca raccolse il piatto e il bicchiere vuoto di Casey e andò in cucina.

"Ieri sera ci hai dato dentro di brutto, vero?" chiese Casey a Nicky.

"Mi è sfuggita un po' la mano," ammise Nicky.

"Si vede," disse Casey con una risatina.

Mentre lavorava alle spine, Nicky vide Flynn apparire al ristorante, fare il giro e andare cucina. Ripensò ai commenti di Cremin della sera prima. Cremin era uno che spargeva zizzania, ma le sue divertite insinuazioni non erano del tutto prive di fondamento. Era successa una cosa, diversi mesi prima: un pomeriggio Flynn e Nicky stavano facendo l'inventario in magazzino, loro due soli, chiacchierando del più e del meno, quando Flynn, che lei sapeva essere appassionato di moto da cross, le chiese se voleva andare a vedere un rally a cui avrebbe partecipato quella sera. Disse che si trattava di un invito dell'ultimo minuto, quindi non c'era da preoccuparsi se lei aveva impegni o semplicemente non era interessata, c'era comunque un mucchio di altra gente che andava, solo che lui poteva farla entrare gratis e ci sarebbero stati dei gettoni per le bevande, che sarebbero andati sprecati se lei non fosse potuta venire, ma anche in questo caso non c'era da preoccuparsi. Nicky, più che altro perplessa – le sembrava che lei e Flynn andassero d'accordo, lui era abbastanza un buon capo, ma non erano amici in senso stretto – disse che gli avrebbe detto qualcosa, anche se non aveva alcuna intenzione di andarci. Ma più tardi, quando mandò un messaggio a Doll per sapere che cosa stesse facendo, lui ci mise così tanto, ore, a risponderle e la sua risposta fu così blanda – disse che era da Cillian e che avrebbe passato la serata lì e che se voleva potevano vedersi lì – che Nicky gli disse che in realtà non poteva, che doveva andare a una festa con quelli del lavoro.

Il raduno si svolgeva appena fuori dalla città di Castlebar, in un grande campo divelto e recintato da una rete metallica. Quando Nicky arrivò sul posto, una discreta folla – molto cuoio e molti peli in faccia – girava davanti a una schiera di stand malandati. La musica rock dagli altoparlanti sovrastava confusa il rantolo e il frastuono dei motori che venivano tentati in lontananza. Nicky trovò Flynn in uno dei chioschi. Quando lui aveva detto che avrebbe portato *altre persone* pensava si riferisse a gente del Pearl, tipo Rebecca e Cremin, ma invece era con tre uomini adulti che Nicky non aveva riconosciuto e di cui aveva dimenticato il nome nel momento in cui glieli aveva presentati. Flynn parve colto alla sprovvista dal fatto che lei fosse venuta e iniziò a blaterare nervoso e agitato su alcune questioni tecniche di gara che Nicky non capiva e non le interessavano. Non l'aveva mai visto così. Al lavoro era spiccio, risoluto, severo. Lì invece era euforico, sorrideva senza pensieri nella sua tuta di pelle con i loghi cuciti su tutta la schiena e lungo le braccia, gli stivali bene allacciati, stretti e femminili sui piedi irrequieti. Dopo qualche minuto dovette andare ai box e la lasciò lì con i suoi tre amici mai visti prima. Nicky beveva una birra sgasata da un bicchiere di plastica mentre la pioggia iniziava a sputacchiare da un cielo di nuvole livide. Alla fine uscirono le moto. Le visiere iridescenti e le protezioni allungate dei caschi davano ai piloti un'aria marziale, aliena. Ci fu uno sparo e la gara cominciò. Nicky cercò di stare attenta mentre lo sciame di moto si muoveva su un percorso di ghiaia rigata di solchi come insetti intorno a un lampione, ma perse il conto dei piazzamenti di Flynn e dopo, nel pub in cui lui aveva insistito che andassero tutti, dovette chiedergli come si era piazzato. *Da nessuna parte*, rispose Flynn, l'eccitazione pre-gara ormai sparita. *Mi dispiace*, disse Nicky. *Comunque è stato uno spasso*, disse Flynn senza entusiasmo. I suoi amici si fermarono a bere un giro e poi se ne andarono in fretta, lasciando Nicky e Flynn da soli in fondo all'area fumatori quasi deserta del pub, con la pioggia che tambureggiava sulla tenda di tela sopra le loro teste. Anche Nicky voleva andarsene, ma Flynn tornò due volte con un altro giro di drink prima che lei potesse scivolar via.

Non era stupida, a quel punto era ovvio che Flynn l'aveva pensata bene, la situazione. Ma se aveva intenti romantici rimase mestamente incerto nel metterli in atto. La conversazione procedeva a scatti, Flynn finiva a parlare di lavoro ogni volta che le cose minacciavano di bloccarsi e continuava a pescare da un bagaglio di storie e aneddoti ben collaudati sul Pearl che Nicky aveva già sentito milioni di volte. Però rideva quando era previsto che lo facesse.

Mentre lui parlava lei lo osservò. La testa rasata di Flynn rendeva i tratti del suo viso più marcati, la borchia di metallo scintillava incastrata tra i peli castano pallido del sopracciglio, gli occhi vivaci sopra le lame spigolose degli zigomi. A volte le sembrava attraente in modo austero, altre volte, nella sua serietà, più simile a una vecchia megera. Le disse più di una volta che era l'unica ragazza là dentro con un po' di buonsenso, *hai la testa sulle spalle*, la mise così, incrociando il suo sguardo un attimo per distoglierlo subito dopo e farlo vagare per tutta l'area fumatori leccandosi le labbra in ansia, come se si aspettasse che qualcuno potesse interromperli da un momento all'altro.

Prima che riuscisse a filarsela a prendere un terzo giro lei gli disse che doveva guidare e che se continuava a bere ci avrebbe visto doppio. Quando Flynn si offrì di darle un passaggio lei gli disse che aveva bevuto tanto quanto lei. Lui le disse che non aveva tutti i torti. Mentre la seguiva fino al parcheggio si esibì in atti di galanteria non richiesta, aprendole diverse porte e camminando non di fianco ma un po' dietro di lei, in modo che lei non potesse vederlo senza girare la testa. L'auto di lei era parcheggiata accanto a quella di lui, con la moto fissata sul rimorchio. Davanti alla portiera del guidatore, mentre salutava frettolosamente, Nicky fece cadere le chiavi, imprecò, e si chinò per recuperarle nel buio. Cogliendo l'occasione, Flynn, con voce bassa e pateticamente seria, disse: "Nicky."

Lei si rialzò ma non riuscì a costringersi a guardarlo negli occhi.

"Sì?" disse.

"Nicky, c'è qualcosa in te."

Lei sentì un formicolio alla nuca e con tutta la finta indifferenza possibile disse: "Cosa c'è in me?"

Flynn fece una smorfia e disse: "E dai," tese la mano e le toccò il braccio, costringendola a guardarlo in faccia per vedere quello che stava per fare e che fece: premette le labbra contro le sue, spiccio, e nemmeno tanto convinto. Lei si ritrasse.

"No, no, no," disse lei.

"Perché no?"

"Be', tanto per cominciare io ho un fidanzato."

"Quel birbantello," disse Flynn, e anche se non avrebbe dovuto Nicky rise, attenuando la battuta con una risatina docile.

"Quel birbantello è il mio ragazzo," disse.

"Sì," disse Flynn.

"E tu sei il mio capo, lo sai?"

"Sì, sì, sì," cantilenò lui, come per esprimere il suo robusto assenso.

"Quindi io non penso a te in questi termini."

"Hai ragione," disse lui, annuì e mostrò i denti in un sorriso sofferto. "Hai ragione. Sono un idiota per aver pensato che fossi interessata."

"Mi dispiace," disse lei. Sentiva di doverlo dire.

"No, dispiace a me," disse lui. "Non so cosa mi è venuto in mente."

Lei lo guardò fare un passo indietro scuotendo la testa e imprecando sottovoce per rimproverarsi un pochino.

"Solo che... non vorrei... non vorrei che questo ti mettesse a disagio, in futuro, mi capisci?" disse.

E lei disse che non sarebbe stato così, lo assicurò che non sarebbe stato così, e da allora aveva fatto del suo meglio per dimenticare tutto quanto, cosa che aveva praticamente fatto, fino a quando quella testa di cazzo di Cremin non aveva attaccato con le sue provocazioni. Si chiese se Cremin fosse venuto a sapere della sua serata con Flynn o se avesse solo tirato a indovinare. Di certo Nicky non ne aveva parlato con nessuno, nemmeno con Doll. Ma ciò che l'aveva turbata, ancora di più del fatto che in giro si sapessero i fatti suoi, era quello che aveva detto Cremin su Flynn, che aveva l'abitudine di corteggiare le ragazze giovani, e si chiese se avesse tentato stratagemmi simili con altre ragazze; se ciò a cui l'aveva sottoposta fosse il suo gioco abituale. Sul momento, al buio nel parcheggio del pub, la goffaggine di Flynn, la sua titubanza e il suo pentimento erano sembrati sinceri e avevano spinto Nicky a considerare l'intera faccenda come un onesto errore da parte sua, un errore di valutazione che Flynn non aveva commesso prima e non avrebbe commesso in futuro. Ora però non era più tanto sicura.

"Oh, mio Dio," esclamò Casey quando Rebecca tornò portando una ciotola di gelatina e gelato. Si stropicciò le mani e guardò Rebecca e poi Nicky con esagerato piacere. Quello che desiderava ora era una sgridatina da una o da entrambe le ragazze. Nicky decise di dargli quello che voleva.

"Sembri un bambino il giorno del compleanno," gli disse.

"Oh, ma io sono un bambino il giorno del compleanno!" declamò Casey con gioia. "Che Dio mi aiuti, lo sono!"

La serata proseguì. Nicky controllò il telefono un paio di volte. Ancora niente Doll. Be', se voleva giocarsela così, bene. Un po' dopo le sette entrò un uomo e prese uno sgabello vicino a Casey, all'estremità del bancone. Dopo qualche minuto non aveva ancora chiesto a Nicky o a Rebecca di essere servito. Si limitava a guardare la porta, con gli occhi che seguivano ogni nuovo cliente o gruppo di clienti finché non sceglievano un tavolo o un séparé e poi la sua attenzione si spegneva.

Durante una pausa Nicky gli si avvicinò e gli chiese se poteva portargli qualcosa, perché altrimenti occupava solo spazio al bar.

"Bud," disse lui.

A pochi metri di distanza Casey stava bevendo uno sherry – l'unico alcolico che toccava – e chiacchierava con Rebecca che gli raccontava della scuola. Nicky portò la Budweiser all'uomo.

"E tu, Nicky, vai ancora a scuola?" le chiese Casey.

"A scuola?" disse Nicky. "Certo che sì."

"Avrai quasi finito."

"Quasi."

"E vai al Convent come Rebecca?"

A Ballina c'erano tre superiori. Il Convent, per le ragazze, il Muredach, maschile, e il Tech, una scuola tecnica mista.

"Cosa ti fa pensare che io sia una da Convent?" chiese Nicky.

"Perché mia madre diceva sempre che è lì che vanno le brave ragazze, e tu sei il ritratto di una brava ragazza."

"Tu credi?" disse Nicky.

"Sì. Credo che tu sia una ragazza del Convent in tutto e per tutto."

"Douglas mi stava raccontando di quando andava a scuola lui," disse Rebecca.

"Oh, sì," disse Casey. "Stavo dicendo che d'inverno bisognava portare una zolla di torba per il maestro. E il maestro metteva la zolla vicino al camino, all'ingresso della classe. E se ne stava seduto tutto il giorno davanti al fuoco, e ci metteva dentro le zolle una dopo l'altra, e stava con le cosce belle calde mentre nel resto dell'aula si gelava! Avevamo le dita talmente rigide per il freddo che quasi non riuscivamo a tenere la matita per scrivere il nome."

"Ho sentito dire che vi picchiavano," disse l'uomo.

"Picchiarci? Sicuro," disse Casey, voltandosi a metà per guardare l'uomo. "Ai miei tempi i maestri ci picchiavano senza pensarci due volte."

"A detta di tutti vi massacravano di botte," continuò

l'uomo. "Botte in testa, sulle nocche con righelli d'ottone, calci alle gambe delle sedie per farvi cadere. Botte da veri criminali, almeno così diceva sempre il mio vecchio."

"Be', il tuo vecchio aveva ragione," disse Casey, e si schiarì la gola come se avesse il dubbio che l'uomo lo stesse prendendo in giro.

L'uomo incrociò lo sguardo di Nicky e agitò a mezz'aria il bicchiere di birra vuoto.

"Un'altra."

Non disse nient'altro, ma quell'unica interiezione bastò a smorzare la loquacità di Casey. Dopo che ebbe finito lo sherry il contadino salutò e se ne andò.

La serata si fece più vivace. Anche quando il Pearl cominciò a riempirsi, l'uomo rimase al suo posto. Aveva il collo magro, il viso allungato e puzzava di sigaretta; ogni quaranta minuti circa metteva un sottobicchiere sulla pinta, scendeva dallo sgabello e andava verso la terrazza, e poi tornava di nuovo immerso nella sua puzza di fumo. A quel punto il bar era così affollato che un paio di volte dovette dirne quattro a qualche ragazzo che senza far caso alla pinta con il coperchio aveva occupato lo sgabello dell'uomo in sua assenza. Insistere nel tenersi il posto così andava bene quando il bar era tranquillo, pensò Nicky, ma con una folla come quella non potevi aspettarti di tenertelo se continuavi ad andar via. Nicky avrebbe voluto dirgli qualcosa, ma si disse che era meglio di no. Di tanto in tanto arrivavano tipi come quello. Quando non era in giro a fumare se ne stava seduto al posto che si era preso, scrutando la folla. Nicky lo sapeva cosa stava aspettando quell'uomo, anche se non lo sapeva nemmeno lui. Stava aspettando che si presentasse l'offesa della serata, e se non fosse arrivata avrebbe anche potuto decidere di inventarsela. Non ci voleva molto a scatenare uno così. Uno sguardo distratto o un'osservazione inopportuna lanciata dalle sue parti. Tutto e niente.

Fu quando lei gli portò il quarto bicchiere che lui finalmente si sporse sul bancone e disse: "Come ti chiami?"

Lo disse mentre Nicky si stava già girando per andarsene, quindi lei fece finta di non aver sentito. Senza incrociare il suo sguardo, gli diede il resto, lo sbatté sul bancone e uscì dritta dall'arco per entrare nell'atrio. Lì c'era la sala sul retro e una fila di salette che affittavano per eventi privati. La porta di una delle salette era aperta, Flynn stava mettendo gli sgabelli sui tavoli. C'erano coriandoli e cappelli di carta schiacciati sul tappeto, bottiglie di vino vuote che galleggiavano in secchielli di ghiaccio pieni d'acqua.

"Ho bisogno di una pausa dal bar," gli disse Nicky. "Lascia fare a me."

Flynn parve cogliere la tensione nel suo tono.

"Va bene," disse, e la lasciò fare.

Nicky raccolse i rifiuti più grandi, i cappelli di carta, poi passò l'aspirapolvere sul tappeto. Quando ebbe finito lo trascinò in un angolo per farlo raffreddare. Era così vecchio e sgangherato, quell'aspirapolvere, che bisognava continuare a pompare il pedale più e più volte per far rientrare il cavo un po' alla volta. Se si formavano pieghe o nodi il rocchetto si bloccava. Nicky stava trafficando sul pedale quando colse una presenza nel corridoio. L'uomo del bar entrò nella stanza.

"Voglio sapere il tuo nome solo per sapere come chiamarti," disse.

"Non importa il mio nome," disse Nicky, uscendo dal cerchio del cavo ammucchiato ai suoi piedi.

"Come sta Doll English?" disse l'uomo.

"Cosa?"

"È il tuo ragazzo, no?"

Nicky guardò l'uomo ma non disse nulla.

"Solo che non l'hai più visto né sentito da ieri sera, giusto?" disse l'uomo.

Il cuore le saltò nel petto. Si rese conto in quel momento, tutto in una volta, che non aveva notizie di Doll da tutto il giorno.

"Avete già avvertito gli sbirri?" continuò.

"Di cosa stai parlando?"

L'uomo tese i palmi delle mani e sorrise. "Dov'è?"

"Non ho tempo per queste cose," disse Nicky.

Si sentì avvampare, ma il tono aspro con cui aveva parlato non aveva scalfito l'espressione fredda e sorridente dell'uomo. Ora voleva uscire. La porta era aperta, si trattava solo di fare qualche breve passo verso il corridoio, ma lui bloccava l'ingresso. Lei voleva assolutamente uscire dalla stanza.

"Voglio che tu porti un messaggio," disse l'uomo. "Di' a Cillian che abbiamo Doll. Sta con noi e continuerà a stare con noi finché Cillian non ci darà quello che ci deve. Di' a quello stronzo che ha tempo fino a lunedì sera."

"È uno scherzo?" riuscì a dire Nicky.

"Non è uno scherzo. Ripeti quello che ti ho detto."

Nicky iniziò ad avanzare verso di lui. Il suo istinto primario era quello di passargli davanti e andare nel corridoio. Per un attimo lui rimase a guardarla, ma poi scattò in avanti e posò il piede sul suo, bloccandolo. Aveva la testa vicina alla sua, inclinata. Gli occhi si dilatarono, un muscolo gli guizzò nella mascella e poi basta.

"Ecco," disse.

Le liberò il piede e Nicky incespicò all'indietro.

"Ripeti quello che ti ho detto," ordinò.

"Voi avete Doll. Doll sta con voi," disse Nicky. "E resterà con voi finché Cillian non vi darà quello che vi deve."

"E quando deve farlo?"

"Lunedì sera."

"Questo è tutto," disse l'uomo. "Digli che domani lo chiamo e che è meglio che risponda."

"Chi sei?"

"Oh, lui sa chi sono," disse l'uomo. Fece un passo indietro nel corridoio e le voltò le spalle. Sulla schiena del giubbotto, in caratteri dorati, c'era la scritta TEQUILA PATROL.

Attraverso la stoffa della camicia l'intonaco del muro era freddo sulla schiena. C'era un ronzio caldo che si sprigionava dalla sua coscia sinistra e Nicky si rese conto all'improvviso che l'uomo l'aveva colpita con una ginocchiata mentre le stava sul piede. Veloce come un lampo, ma l'aveva fatto.

Pur sapendo che era inutile, telefonò a Doll. Niente. Provò ancora e ancora, con una morsa che si faceva strada strisciando nelle sue viscere. Il senso di colpa che aveva provato per il litigio della sera prima si era riacceso e si era unito a un nuovo fiotto di senso di colpa per non aver fatto di più per cercarlo il giorno dopo. Aveva preferito prendere il silenzio di Doll come un modo di tenerle il muso, un muso a cui non voleva cedere. Avrebbe dovuto intuirlo che c'era qualcosa sotto. Doll poteva anche perdere le staffe, ma la sua rabbia non durava mai tanto. Non aveva la forza di essere vendicativo.

Era ancora contro il muro che provava a chiamare Doll quando arrivò Flynn.

"Te la stai prendendo comoda," disse.

Lei allontanò il telefono dall'orecchio.

"Tutto bene?" disse Flynn. Sembrava allarmato, e il fatto che pensasse di poterle offrire la sua preoccupazione fece arrabbiare ancora di più Nicky.

"Oh, vaffanculo," disse lei.

"Che cosa ho fatto?" disse, arrossendo.

"Devo andare," disse Nicky.

"Che cosa è successo?" chiese Flynn. "Nicky?"

"Niente," disse lei. "Solo un tizio, il solito viscido, che vuole parlare anche se gli dici che non ti va. Gli ho detto di andare a farsi fottere."

"Tutto qui?" disse Flynn. Lei capì che lui aveva capito che lei non gli stava dicendo tutto.

"Forse è meglio se stacco un po' prima," disse. "Mi dispiace."

"Okay," disse Flynn, "ma prima vieni con me. Se quel tizio è ancora qui me lo devi far vedere."

"Ma no, va bene così," disse Nicky. Già si pentiva di aver parlato. L'ultima cosa che voleva era dare a Flynn una scusa per fare il cavaliere.

"Nicky," disse lui.

"Okay, okay," disse lei.

Andarono al bar. Il posto era vuoto. Nessun sottobicchiere sulla pinta.

8.

Domenica mattina Dev dormì fin quasi alle nove. Scese di sotto e trovò piatti e tazze sbeccate in cui galleggiavano i pallidi residui del tè freddo, salsicce, bacon e uova che si rapprendevano cerosi in una padella sul piano cottura.

Dalla finestra della cucina vide i Ferdia in fondo al giardino. La porta sul retro era chiusa. Dev pensò che l'avessero chiusa apposta, un segno per far vedere che volevano privacy, la privacy di tutto ciò che stava al di là della casa. Come in un sogno in cui si è costretti, impotenti, a fare l'esatto contrario di ciò che si sa di dover fare, aprì la porta e andò verso di loro. Gabe gli dava le spalle, con il cellulare all'orecchio e le spalle ben squadrate. Dev lo sentì dire *sì, sì, sì* al telefono, agitato, come per placare l'interlocutore.

Sketch intercettò Dev prima che potesse avvicinarsi troppo.

"Eccolo," disse. "Il Bell'Addormentato."

"Cosa succede?" chiese Dev.

Sketch lanciò un'occhiata al fratello e poi a Dev.

"Sta parlando con Mulrooney," disse, allontanandosi da Gabe con un cenno complice della testa che invitava Dev a seguirlo. "Lo sta aggiornando, lo tiene al corrente."

"Avete già parlato con Cillian?" disse Dev.

"Con Cillian è tutto a posto," disse Sketch. "La notizia gli è stata data ieri sera. Sa tutto."

"Quando finirà?"

Dev seguì gli occhi di Sketch, che andarono al fratello. Gabe si voltò e vide che lo stavano guardando. Era così assorto nella telefonata che i suoi occhi parvero scivolare su Dev con un freddo velo di vacuità, come se Dev fosse un estraneo per la strada con cui gli fosse capitato di incrociare lo sguardo. Poi Gabe batté le palpebre e fu come se improvvisamente si rendesse conto che Dev era Dev. Sorrise senza gioia e si voltò di nuovo.

"Manca poco, amico. La macchina è in moto. Ascolta," disse Sketch. Tirò fuori dalla tasca dei jeans un paio di forbici. "Quello che puoi fare è svegliare il ragazzo, dargli da mangiare e darci altri cinque minuti qua fuori."

In cucina, Dev prese le chiavi dal gancio. Si mise davanti alla porta del seminterrato, rimase immobile, in ascolto; immaginava che Doll dall'altra parte stesse respirando col naso, pronto a saltargli addosso appena avesse aperto la porta.

Mise la chiave nella serratura e disse: "Apro la porta."

Il seminterrato era di un buio accecante. Accese di scatto la luce. Vide la sagoma di Doll sul letto sussultare mentre lo spazio si illuminava di colpo.

Scese i gradini. Doll era sdraiato sul materasso, girato su un fianco, con le mani nascoste come se stesse cercando di occultare qualcosa. Alzò la testa sopra la spalla per vedere chi stava arrivando.

Dev si avvicinò al letto. Doll aveva i polsi legati alla spalliera. Poteva sdraiarsi sul fianco e in qualche modo mettersi a sedere, ma non poteva alzarsi dal materasso.

"Ora stai fermo," disse Dev, trafficando con le ganasce delle cesoie tra i polsi del ragazzo. Doll era agitato, sospirava e sibilava. Dev tagliò la fascetta. Doll rotolò sulla schiena e gemette. Girò le braccia in cerchi lenti nell'aria e fletté le dita.

"Cristo," disse.

Il lenzuolo era ammucchiato sul pavimento.

"Hai avuto freddo qua sotto?" chiese Dev.

"Le mani mi fanno male da morire," disse Doll.

Si mise a sedere e poggiò i piedi a terra, le braccia appese flosce tra le gambe. Aveva un aspetto desolante. Appiccicate alle ciglia c'erano delle lacrime. Si guardava le mani. Dev non sapeva cosa dire. Il giorno prima aveva notato i polsi del ragazzo. Sapeva che di notte lo legavano. Vederlo era comunque un colpo.

In cima ai gradini apparve Georgie, che poi scese veloce verso di loro con un paio di latrati indagatori.

"Dovrei metterlo qui con te," disse Dev, sollevato dal fatto che ci fosse qualcos'altro a cui dedicare attenzione.

"No," disse Doll toccandosi il viso.

"Sto scherzando."

"Se metti quel cane qui con me, io... lo ammazzo. Lo faccio soffrire."

"Non ce n'è bisogno," disse Dev.

"Non dirmi un'altra parola su quel cazzo di cane. Tu e quel cane."

"È il cane di mia madre, stupido stronzo," disse Dev. "Non me ne frega un cazzo di te. A nessuno frega un cazzo di te, e questa è la verità. Perché sei qui? Non gliene frega un cazzo a nessuno. Ecco perché."

Dev si sentiva la faccia calda, il sangue gli pulsava sulle guance.

"Io non ho fatto niente," disse Doll triste.

Dev raccolse il lenzuolo dal pavimento, fece per piegarlo, poi lo gettò di nuovo a terra.

"Tiralo su tu, anche il cuscino," disse.

Diede l'ordine pur sapendo che Doll non avrebbe obbedito. Dev guardò il ragazzo scendere dal letto, chinarsi e raccogliere diligente il lenzuolo e poi il cuscino.

"Vai," disse Dev, aspettando che Doll lo precedesse su per le scale.

Dev accese il fornello e preparò un piatto per il ragazzo. Appoggiò il fondoschiena al bancone, rivolto verso il ragazzo, bevendo una tazza di tè. Spostandosi di qualche grado vedeva il giardino sul retro. Gabe e Sketch erano ancora lì, tutti ingobbiti vicino al muro posteriore, intenti a parlare.

Mentre Doll mangiava, Georgie danzava intorno alle gambe della sua sedia. Con un colpo di coltello, Doll fece cadere a terra un pezzetto di pancetta. Georgie la prese al volo prima ancora che toccasse terra.

"Mi dispiace di averlo detto," disse Doll.

Dev lo guardò, bevendo il tè.

"Non lo sfiorerei mai, quel cane. Non farei nulla a una creatura indifesa," disse Doll.

"Eri arrabbiato."

"Non ero arrabbiato," disse Doll. Si accigliò. "Era solo... era uno scherzo."

"Non è una situazione normale," disse Dev.

"Sono là fuori?"

"Sì."

"Di cosa parlano?"

"Non lo so."

"Non lo sai?"

"No."

"Dovresti, amico. Se aiuti dei tipi a rapire una persona dovresti sapere di cosa parlano." Doll parlò guardando Dev dritto in faccia. Il suo volto si colorò. Strinse le labbra. Poi tornò a mangiare.

"Sai una cosa?" disse dopo un po'.

"Cosa?" disse Dev.

"Venerdì ho incontrato un tizio in città che si chiamava Hendrick."

"Ah sì?"

"Già. Un tipo alto, quasi quanto te. All'ospedale distrettuale. Vicino alle Unità. Stava seduto sui gradini a fumare come se avesse tutto il tempo del mondo. Considerata l'età potrebbe essere il tuo vecchio."

Deve ebbe un tuffo al cuore. Batté le palpebre e si schiarì la gola.

"Mi sa che era proprio lui," disse Dev, colto troppo alla sprovvista per dissimulare.

"Mi ha chiesto di piazzargli una scommessa."

"Gli piacciono i cavalli."

"Cani, in realtà."

"Gli piacciono anche i cani."

"Il cane si chiamava..." Doll posò il coltello sul bordo del piatto. Bevve un sorso di tè. "Si chiamava... chissà se ha vinto."

"Non succede spesso che vincano, i suoi cani."

"Perilous Endeavour," disse Doll. "Otto a uno. Ho puntato venticinque sterline su di lui. Mi aveva chiesto di metterne venti e di tenerne cinque di commissione, ma me ne sono fregato e ho puntato tutto."

"Bello da parte tua," disse Dev.

"Sì, bello," disse Doll. Tese una mano, accarezzò Georgie sulla testa.

Dev posò la tazza sul bancone. Aveva le estremità delle dita fredde, tremolanti.

"Mi conosceva, ha riconosciuto la mia faccia. Diceva di conoscere il mio vecchio. Lo portava in giro con il taxi."

"Ha portato in giro un sacco di gente in taxi."

"Lo so, ma comunque è incredibile come tutto è collegato," disse Doll, "basta tornare un po' indietro."

"Già," disse Dev.

"Venticinque per otto," disse Doll. "Per quattro fa cento. Potrebbe aver vinto duecento euro."

"Se fosse, si è fatto il weekend," disse Dev. Il padre aveva l'abitudine di incaricare altre persone di fare scommesse per lui, perché non gli piaceva andare in centro di persona. In passato aveva convinto anche Dev a piazzare qualche scommessa per lui.

"Mi ha detto che abita nelle Unità," disse Doll, facendo cadere a terra un altro pezzetto. "Perché abita lì?"

"Perché uno sta lì, secondo te?" rispose Dev.

Doll si guardò intorno in cucina, poi tornò su Dev.

"Tua madre è morta, vero?"

"Sì," disse Dev.

Doll guardava il cane che mangiava accanto ai suoi piedi, il dondolio avido e ripetuto della testa.

"Non ho paura di te, sai?" disse.

Dev portò a Doll dell'altro tè, poi raccolse le lenzuola dalla sedia dove il ragazzo le aveva buttate e le portò alla lavatrice. Aprì lo sportello e cominciò a infilare le lenzuola nella fredda cavità metallica del cestello dando le spalle a Doll.

"È vero quello che ha detto Sketch?" chiese Doll.

"Che cos'ha detto?"

"Ha detto che siamo in mezzo al nulla. È vero?"

"È un luogo abbastanza remoto."

"Scommetto che non è troppo lontano," disse Doll. "Sei andato a scuola a Ballina. Non può essere così lontano."

"Magari mi sono trasferito."

"Secondo me abiti qui da molto tempo."

Dev non replicò. Si avvicinò al lavandino e prese il detersivo dall'armadio. Doll osservava ogni sua mossa.

"Lo stesso giorno in cui mi hanno preso mi sono imbattuto nel tuo vecchio," disse Doll. "E be'?"

Dev lo guardò.

"Deve avere un qualche significato," disse Doll.

"Tutto ha un qualche significato," disse Dev.

"La mia ragazza ha capito chi era. Martin Hendrick. Il tassista che ha rapito l'insegnante. Anche tuo padre è un rapitore. Quante probabilità ci sono?"

"Non stava bene. Non stava bene allora e non sta bene adesso."

"E tu?"

"Io cosa?"

"Stai bene?"

Dev tornò alla lavatrice e con mani tremanti versò nella coppetta una dose di liquido dall'odore di fiori. Si chinò e posò la coppetta sul cumulo di panni in fondo al cestello con la stessa attenzione che avrebbe usato se nel cestello ci fosse stata una fiamma viva. L'interno del tamburo era scuro e scintillante, diviso da creste metalliche, i pannelli curvi tra le creste costellati di fori. A Dev aveva sempre ricordato lo spazio infinito, il compartimento stretto e claustrofobico di un'astronave o di un casco spaziale.

"Potrei andarmene anche subito, lo sai?" disse Doll. "Potrei uscire direttamente da quella porta. Dammi due minuti di vantaggio e sono a posto."

Il cuore di Dev ebbe un altro sussulto. Chiuse gli occhi e li riaprì.

"Ieri mi è sembrato che te la passassi abbastanza bene," disse, ricorrendo all'argomentazione di Gabe, "seduto lì a bere birre e a guardare film con l'altro tipo."

Era chinato, piegato vicino allo sportello della lavatrice. Mentre parlava, la sua voce risuonava metallica nel tamburo.

"Di' che ti sei girato e io non c'ero più," spiegò Doll. "Di' che ti sono saltato addosso. Di' quello che vuoi. Cosa possono fare? Questa è casa tua."

"Ti vogliono qui," disse Dev. Sapeva che avrebbe dovuto voltarsi e tenere d'occhio il ragazzo. Ma sentiva che finché si fosse astenuto dall'impulso di guardare, finché il ragazzo fosse rimasto solo una voce alle sue spalle, non sarebbe successo nulla.

"Ma lo sai che io non voglio stare qui. E sai anche che nemmeno tu mi vuoi qui, amico."

"Non è una mia decisione," disse Dev.

"Perché non è una tua decisione?"

Dev chiuse lo sportello della lavatrice. Si alzò e premette il pulsante di avvio. Si udì un rumore di blocco interno, un profondo gorgoglio preliminare, e poi l'intero enorme elettrodomestico sussultò e si attivò ronzando. Dev si voltò verso il ragazzo.

"Perché dovresti volere tutto 'sto casino in casa tua?" chiese Doll. Era seduto in avanti, con i palmi delle mani premuti contro le ginocchia come per tenersi in posizione. "Chi se ne frega se me ne vado? Sanno dove abita mia madre. Possono venire quando vogliono. Che senso ha tutto questo? È uno scherzo."

"Dillo a loro," disse Dev.

"Dammi un telefono, amico," disse Doll. "Fammi chiamare mia madre, così sa che sto bene. Mi basta questo."

"Devi chiederlo a loro," disse Dev. Il formicolio alle mascelle si intensificò. Aveva la saliva nella bocca. Deglutì con cautela. "Se dicono che va bene..."

Un basso ringhio di frustrazione sfuggì alla gola di Doll.

"Mi hanno detto che hanno parlato con tuo fratello," disse Dev. "Si risolverà tutto."

Con la coda dell'occhio percepì un movimento e guardò verso la finestra. I Ferdia stavano tornando.

"Cosa succede adesso?" implorò Doll.

"Non lo so," disse Dev.

"Come fai a non saperlo?"

"Io non c'entravo niente fino a quando sono piombati qui con te."

"Perché acconsenti a tutto questo?"
"Non acconsento a niente."
"Mi trattieni qui su ordine di quei due cretini."
"Non ti trattengo da nessuna parte."
"Invece sì, amico. Lo stai facendo anche tu. Il tuo vecchio aveva la testa bacata e probabilmente non aveva nemmeno i mezzi per capire cosa faceva, ma tu sì, amico. Vai in giro tutto triste e non dici mai niente, è vero, ma la testa ce l'hai a posto e sai cosa stai facendo."
Dev tornò ad appoggiarsi al bancone, sentì il brivido rivelatore sul collo. Chiuse gli occhi e i puntini d'argento aumentarono e proliferarono in un vortice. La testa cominciò a girargli. Il petto gli si strinse come un pugno.
Un fruscio di apertura della porta sul retro e i Ferdia entrarono.
"Che succede?" Dev sentì dire a Gabe.
"Niente," disse Dev.
"Stai bene?"
"Sembra un po' sminchiato," biascicò Sketch.
Dev aveva bisogno di sedersi. C'era una sedia vicino a lui. Ma pensò che se avesse fatto un passo in avanti per raggiungerla, avrebbe potuto vacillare o cadere. Sentiva come se delle lame gli stessero battendo contro il petto.
"Sto bene," riuscì a dire, con il respiro affannoso, "sto bene."
"Che cazzo sta succedendo?" disse Gabe al ragazzo. "Che cosa hai fatto?"
"Stavamo solo parlando," disse Doll.
"A proposito di cosa?"
"Niente."
"Niente? Eh? Niente," disse Gabe. "Dev. Che cosa è successo?"
Anche con gli occhi aperti, le macchie d'argento erano lì, vorticanti e scoppiettanti come lampadine che si spen-

gono, e ogni detonazione d'argento lasciava sulla sua scia un tremolante negativo nero. Guardava dritto verso Gabe e Sketch, ma non riusciva a distinguere i loro volti in quello sciame di lampi argentati e neri.

"Un infarto," disse Doll. "Sta morendo."

"Chiudi quella cazzo di bocca," disse Gabe.

Sketch si avvicinò a Dev.

"Stai davvero morendo, amico?" disse. Lo disse gentilmente, con curiosità, mise una mano sulla schiena di Dev e cominciò a strofinare in cerchi delicati.

"Mi serve solo un minuto," disse Dev.

"Cosa facciamo?" disse Sketch a Gabe.

"Datemi un minuto," ripeté Dev. Si avvicinò alla sedia e le ginocchia si sciolsero sotto di lui. Il braccio di Sketch, sicuro e veloce, si infilò sotto il suo gomito per sostenerne il peso.

"Andrà tutto bene, amico," disse Sketch, guidandolo verso la sedia.

Una volta seduto, Dev abbassò la testa e chiuse forte gli occhi. Un filo di saliva gli cadde tra i denti. Lo trovò con il pollice e lo scacciò via.

"Ha bisogno di un'ambulanza," disse Doll.

"Penso che forse," disse Dev "forse il ragazzo non dovrebbe più stare qui."

"Su, amico, starai meglio," disse Sketch in tono incoraggiante.

Dev sentì del trambusto davanti a sé.

"Andiamo," sentì dire a Gabe.

Dev alzò lo sguardo. Gabe si stava rivolgendo a Doll. Doll non reagì. O la sua non-reazione era la sua reazione. Gabe lo afferrò per il colletto della maglietta NEVERMIND e lo sradicò dalla sedia per tirarlo in piedi.

"Andiamo," ripeté, trascinò Doll attraverso la stanza e lo spinse nel corridoio.

“Andiamo!” gridò Gabe a Sketch.

“Aspetta qui, ragazzo,” disse Sketch e diede una pacca sulla spalla a Dev.

Georgie inseguì i Ferdia e Doll lungo il corridoio, poi tornò indietro di corsa in cucina. Andava e veniva tra le gambe di Dev, abbaiando senza sosta. Dev sentì dei passi sulle scale. Si concentrò sulla sua respirazione, sull’aria che entrava e usciva fresca attraverso il naso. Aveva le punte delle dita formicolanti e fredde. Voleva sapere cosa avrebbero fatto a Doll. Ma doveva aspettare che il terribile martellamento nel petto si attenuasse; non importava quante volte fosse successo, ogni volta sembrava la prima.

Dopo qualche minuto, riuscì ad alzarsi e a dirigersi verso il corridoio, appoggiando una mano al muro per stabilizzarsi.

Salendo le scale, sentì il suono pieno e risonante di acqua che si infrangeva contro altra acqua. La porta del bagno era socchiusa. I Ferdia e il ragazzo erano stipati lì. Dev aprì la porta ed entrò, affollando ulteriormente lo spazio. Il pavimento era fradicio. L’aria era intrisa di vapore. Doll era in ginocchio tra Gabe e Sketch, con la testa fradicia e gocciolante, la maglietta scura che gli si appiccicava addosso in strisce intrise. La vasca era piena d’acqua, una grande massa che tremolava densamente e altra acqua che scendeva dal rubinetto. Gabe lanciò un’occhiata di fuoco a Dev senza vederlo. Digrignò la mascella, strinse la presa sulla spalla e sul collo di Doll e lo scaraventò a testa in giù nella vasca. L’acqua tracimò in tutte le direzioni, con schizzi improvvisi che colpivano le pareti e cadevano di peso dal bordo della vasca, inzuppando il pavimento già fradicio. La testa di Doll era completamente sott’acqua. Gabe spinse Doll ancora di più nella vasca e gli salì sopra, con un ginocchio sulla schiena per tenerlo in posizione. Dev guardò le gambe di Doll che si dimenavano, le suole delle sue scarpe da corsa che scricchiolavano freneticamente in cerca di un punto d'appoggio sulle piastrelle lucide. Gabe stava premendo così intensamente su Doll che era quasi entrato in acqua lui stesso.

Sketch stava lì a guardare.

Dev fece un passo avanti.

Sketch uscì dalla sua trance di spettatore.

"Cazzo vuoi? Esci," ringhiò e diede uno spintone a Dev sulla spalla.

Dev indietreggiò di un passo.

Fece per dire qualcosa, ma gli si strinse la gola.

Doll era ancora sott'acqua.

La fronte di Gabe era gonfia e contorta per il tremendo e incessante sforzo di tenerlo giù, di tenerlo sott'acqua. A Dev fu chiaro che se Gabe non avesse tirato su Doll, quest'ultimo sarebbe annegato. Il pensiero lo sbalordì per chiarezza ed evidenza. Lo sbalordì il fatto che il ragazzino stava per annegare perché Gabe non lo avrebbe lasciato andare. Ma è quello che stava per succedere, e stava per succedere proprio lì, a casa di Dev.

Senza pensarci, come se si sottomettesse a un impulso meccanico, Dev andò al centro della stanza e mise una mano sulla spalla di Gabe. *Benne da escavatore.* Tirò indietro Gabe, senza esagerare, ma con forza sufficiente a fargli perdere l'equilibrio. Gabe vacillò e barcollò sul pavimento bagnato, con i piedi che scivolavano sotto di lui. Doll si tirò su e ricadde sul pavimento con un tonfo.

"Che cazzo ti ho detto?" urlò Sketch, afferrando Dev per un braccio. Sketch si trovò con la faccia in quella di Dev, i denti scoperti, il luccichio ravvicinato dei suoi occhi sporgenti. Una scarica improvvisa attraversò Dev. Spinse le mani in avanti e guardò sé stesso, il suo stesso corpo, sollevare Sketch in un'unica inarrestabile spazzata in aria e sbatterlo contro l'armadietto in un fracasso di vetri frantumati, centinaia di pezzi lampeggianti che seguirono Sketch fino al pavimento, dove atterrò sulla spalla.

Per un attimo non ci fu alcun suono. Nessuno parlò.

Doll giaceva supino sulle piastrelle, luccicante e a gambe larghe, come un vitello appena nato. Dev si fermò a osservare il costante movimento della cassa toracica mentre il fiato tornava nel suo corpo. Sembrava che l'acqua gocciolasse e scintillasse su ogni centimetro della parete e del pavimento. L'aria aveva un odore nauseabondo e acido.

Gabe era in piedi con una mano contro il muro, a riprendere fiato. Aveva il viso arrossato e Dev notò il sudore che scendeva in rivoli dal cuoio capelluto, il ticchettio furioso di una vena appena sotto il sopracciglio. Il viso rosso e sudato, quello sfarfallare di carta da gioco sepolto in fondo ai suoi respiri lunghi e profondi. Teneva gli occhi chiusi. Sembrava quasi dormire in piedi.

Sketch si alzò a sedere. Intorno a lui c'era un fossato irto di articoli da toeletta e frammenti di specchio sparsi. Sulle sue braccia c'erano schizzi di sangue. Si appoggiò alla parete e ruotò un avambraccio in aria, seguendo la scia di sangue che tracciava un percorso lungo l'arto fino alla sua origine. Alzò lo sguardo e incrociò quello di Dev.

"Chi l'avrebbe mai detto?" disse con gli occhi spalancati e un sorriso meravigliato.

PARTE TERZA

9.

Nicky era sul ponte di mezzo sul Moy, con i gomiti appoggiati al bordo di pietra del muro. Era lunedì, poco dopo le nove del mattino. Beveva un caffè mordendosi nervosamente le unghie, mentre un flusso costante di auto transitava lungo le banchine. Davanti a lei, a una certa distanza a monte, le paratoie di sbarramento erano aperte e il rumore del fiume che si infrangeva contro le paratoie era come quello della carne che sfrigolava su una griglia.

Sull'argine sotto il ponte, due uomini guardavano un terzo che tirava su un pesce. Nicky non sapeva quasi nulla di pesca, ma sapeva che il Moy era affollato di salmoni, da cui la festa, da cui i pescatori, tutto il giorno tutti i giorni. Il terzo uomo era immerso nell'acqua fino alle ginocchia e camminava lentamente all'indietro, il pesce affiorava e scompariva dibattendosi, finché l'uomo non salì sull'argine. Il pesce penzolò nell'aria. L'uomo lo strappò dalla lenza, sbatté il suo corpo scintillante due volte contro il muro dell'argine e lo gettò in una ghiacciaia.

Nicky si infilò il pollice in bocca e morse via il moncone di un'unghia, traendone una gocciolina di sangue. Il sangue le si sparse in bocca caldo e dolce. Bevve un sorso di caffè. Era amaro e tiepido, già il terzo della mattina. Doveva arrivare al Pearl solo alle dieci, ma era sveglia dalle sei. Era stata in giro in macchina come il giorno prima, fuori di sé per la situazione di Doll, per quello che Sheila le aveva chiesto di fare. La notte prima e quella prima ancora non aveva quasi dormito.

Il sabato sera, dopo l'incidente al bar, il primo istinto di Nicky era stato quello di andare da Sheila, non da Cillian. Andò dritta a casa English. Fu fatta accomodare da una Sheila stupita e intontita, senza occhiali e con una mascherina sulla fronte.

"Ho notizie su Doll."

"Doll non c'è," disse Sheila confusa.

"Lo so," disse Nicky.

Si sedettero al tavolo della cucina, con il tè fumante davanti a loro, mentre Nicky raccontava a Sheila dell'uomo del Pearl. Mentre parlava, Nicky si affacciò alla finestra che dava sul cortile. Nel vetro non vedeva altro che un perfetto duplicato giallo della cucina che galleggiava nel vuoto nero. Era strano. Invece di farsi prendere dall'emozione e di intervenire, come Nicky pensava avrebbe fatto, Sheila non interloquì e non mise in discussione nulla di ciò che Nicky diceva. Si limitò a rimanere seduta, passandosi ripetutamente una mano sull'altra e ascoltando con grave raccoglimento, fino a quando Nicky non fece il nome di Cillian. A quel punto sussultò e gemette sulla sedia, come se fosse stata colpita.

"Cillian," disse. "Cillian, Cillian, Cillian."

Sheila disse a Nicky che dovevano andare a Glen Gardens, subito. Nicky guidò fino là, poi restò due passi indietro quando Sheila bussò alla porta d'ingresso e chiamò Cillian finché lui non venne ad aprire. Lei gli mise le mani sul petto e lo spinse di nuovo dentro casa.

"Ma', cosa c'è che non va?" disse lui, afferrandole i polsi per tenerla ferma, per una buona volta completamente sorpreso, per una buona volta costretto a essere serio.

"Adesso risolverai questa storia," sbottò Sheila e si precipitò in salotto. La stanza era come al solito in disordine, il piumone steso sul divano, il segno cavo del corpo di Cillian ancora ben visibile tra le sue pieghe. Sul tavolino il cerchio ordinato del giardino roccioso era circondato da tutti i lati da un casino di lattine di birra aperte, cartine di sigarette, involucri strappati, resti di cibo.

Nicky osservò Sheila che prendeva atto di quello che vedeva. Si chiese quand'era l'ultima volta che Sheila era stata lì. Si chiese se fosse disgustata o se la vita di Cillian fosse esattamente conforme a ciò che aveva immaginato.

"Risolverò cosa?" disse Cillian.

"Sai dov'è Doll?" disse Sheila.

"No."

"Oggi non era a casa," disse Sheila, "e nemmeno ieri sera."

"Non so dove abbia deciso di andare, ma non è qui," disse Cillian, senza incrociare lo sguardo di Sheila, scostando il piumone e prendendo posto sul divano.

"Oh, lo so bene che non è qui," disse Sheila.

Nel corridoio si sentì un rumore di passi sulle scale, poi Sara Duane li raggiunse in salotto. Era in vestaglia rosa, con i capelli sciolti. Fece una smorfia per via della luce poi si accorse di Sheila e Nicky.

"Cosa c'è che non va?" disse. "Va tutto bene?"

"Forza," disse Sheila a Nicky, ignorando Sara. "Digli quello che hai detto a me."

Cillian guardò Nicky con un lampo riflessivo di risentimento, come se l'avesse notata per la prima volta.

"Prima ero al Pearl, stavo lavorando, ed è entrato questo tizio," esordisce Nicky. "Si siede al bar e inizia a bere delle pinte. Mandava vibrazioni abbastanza strane, il tipo che lasci volentieri in pace da solo. Verso le undici vado in una delle stanze sul retro per fare un po' di pulizia e il tipo mi segue. Mi viene vicino e mi dice che ha un messaggio per te, mi ha anche dato una ginocchiata perché me ne ricordassi."

"Quale messaggio?" disse Cillian, con la voce strozzata dalla consapevolezza che stava nascendo.

"Ha detto che Doll è con loro. Hanno Doll e continuerà a stare con loro finché non gli dai quello che gli devi. Ha detto che hai tempo fino a lunedì e che ti chiameranno domani e quando chiameranno è meglio se rispondi."

"Di che cosa stiamo parlando, Cillian?" disse Sheila.

Lui si mise seduto dritto, compose un numero e tenne il telefono stretto all'orecchio.

"Ci abbiamo già provato," disse Sheila.

Dopo un po', Cillian si tolse il telefono dall'orecchio. Guardò di nuovo il telefono, riflettendo.

"Questo tizio ti ha detto per caso come si chiama?" chiese.

"Ha detto che sapevi chi era," disse Nicky. "Ti ha dato dello stronzo, se questo può aiutare."

"Sì, è utile saperlo," disse Cillian. "Che aspetto aveva?"

"Non lo so. Era sulla quarantina, forse. Abbastanza alto, magro, capelli rosso-castani."

"Aveva una brutta faccia di merda da topo di fogna?"

"Aveva un aspetto abbastanza trasandato."

"Ed era da solo? Sicura?"

"Con lui non ho visto nessuno. Aveva un giubbotto con la scritta 'Tequila Patrol' sulla schiena."

"Porca puttana. Tequila Patrol," ringhiò Cillian. "Quella testa di cazzo. Dimmi cosa ha detto, esattamente."

"*Abbiamo Doll. Doll sta con noi e continuerà a stare con noi finché Cillian non ci darà quello che ci deve*," disse Nicky.

"Cillian," disse Sheila "a chi sei debitore e cosa gli devi?"

"Sono problemi miei, mamma," disse.

"Oh, vaffanculo, Cillian," disse Sheila improvvisamente rabbiosa. Cercò a tentoni il bracciolo della poltrona alle sue spalle e si fece scivolare con cautela a sedere. “Spero che sia tutto un brutto scherzo,” disse. “Uno scherzo di cattivo gusto. Dimmi cosa sta succedendo, Cillian.”

“Cillian,” lo esortò Sara “diglielo.”

Lui esitò un attimo, forse aspettando che la madre ricominciasse a inveire, ma lei si limitò a fissarlo, con un'espressione risoluta e sprezzante.

“Circa un anno fa, il gruppo con cui lavoravo,” cominciò lui “aveva bisogno di qualcuno del posto che gli tenesse la roba, la roba che smazzavano in zona. Ho detto che potevo farlo io, senza problemi.”

“Roba,” disse Sheila.

Cillian si strofinò stancamente la coda dell'occhio.

“Droga,” disse “lo sai.”

“Lo so.” Fece una smorfia. “Vai avanti.”

“Avevo bisogno di un posto dove tenere la roba e ho trovato questo posto, a Belleek Wood, in una parte del parco chiusa al pubblico. Era una piccola grotta nascosta, stretta e profonda. In pratica una fessura nel terreno, sepolta sotto un grande mucchio di sterpaglie, lontana da qualsiasi sentiero. Lì tenevo un po' della mia roba, ben impacchettata e al sicuro dagli animali, dalle intemperie e da tutto il resto, e fino a quel momento era andato tutto benissimo. Quindi è lì che ho nascosto la roba che tenevo per quest'altra gente.”

Cillian si fermò. Tirò fuori una sigaretta, la fissò come se volesse accenderla. Un sorriso infelice gli attraversò il volto.

“Sai cos'è un *turlough*?” chiese.

“Illuminami,” disse Sheila.

“Non lontano dal luogo che utilizzavo c'era una specie di campo aperto, in realtà solo una lunga distesa piatta di erba, poi altri alberi e sterpaglie e non molto altro. Solo che un giorno, all'inizio dell'inverno, mi dirigo verso il luogo e, mentre mi avvicino, vedo che c'è un lago proprio dove dovrebbe esserci quel campo. L'intera area è sommersa. E anche il mio posto. Quel giorno torno con Rubber Nallin e una corda e per poco non annego nel tentativo di raggiungere la roba. Non c'era speranza. Rubber pensò che si trattasse di un'alluvione improvvisa e disse che sarebbe scesa in un giorno o due, ma non fu così. Quando finalmente sono riuscito a prenderla, non c'era più niente, l'intera scorta, dissolta nel nulla. Il lago è rimasto lì per settimane, poi si è prosciugato. Ed ecco cos'è un *turlough*. Un cazzo di lago stagionale."

"Un *turlough*," disse Sheila sconcertata.

"Un *turlough*," ripeté Cillian. "L'Irlanda è l'unico posto al mondo in cui esistono i *turlough*. E l'ovest è l'unico posto in Irlanda in cui esistono. Un *turlough*, un cazzo di lago magico spuntato dal nulla e che si è bevuto trentamila euro di coca a mie spese."

"Trentamila euro."

"Sì."

"Come si fa a essere così stupidi?" disse Sheila e la sua postura si rilassò, solo un po', sulla poltrona. Sotto il cappotto indossava ancora i vestiti da notte, una maglietta sbiadita e dei pantaloni della tuta. I suoi capelli finemente intrecciati, con il grigio che emergeva dalla tintura castana, erano arruffati, fuori posto. Stringeva gli occhi e guardava la luce al centro del soffitto, si frugò in tasca e tirò fuori gli occhiali scuri. Li indossò e guardò dritto suo figlio.

"Dagli i soldi," disse con fredda pacatezza.

"Non li ho."

"Cillian. Hanno Doll. Devi dargli i soldi."

"Non ho niente da dargli."

"Ha già pagato loro quello che poteva," disse Sara. "Ha pagato quasi la metà. Non ha più niente, ha pagato quello che poteva."

"Quando gli ho raccontato quello che è successo non

mi hanno creduto," disse Cillian "pensano che li abbia fregati, che abbia venduto la roba di nascosto. Mi hanno fatto fuori, non mi danno nulla per recuperare il resto. Da allora non ho più guadagnato niente. Sono disoccupato, porca puttana."

Sheila si alzò dalla sedia. Cominciò a girare per la stanza.

"Cillian, dimmi," disse, in un tono che ora si faceva sempre più urgente. "Dimmelo e non prendermi in giro: come hai intenzione di risolvere la questione? Hanno Doll. Il tuo fratellino. Come farai a riprenderti Doll?"

Nicky osservò il volto di Cillian. Stava guardando sua madre, la seguiva con gli occhi bramosi mentre lei camminava in tondo. Gli occhi di Cillian erano diventati scuri e grandi, espressivamente grandi, come quelli di un bambino, e gli anelli sotto erano di un oleoso blu intriso d'acqua.

"Non lo so," disse.

"Devi riportarlo indietro," disse Sheila, andandogli vicino.

"Lo so," disse "lo so."

"SEI UN IDIOTA, STUPIDO, STUPIDO IDIOTA DEL CAZZO," ruggì Sheila. Cominciò a schiaffeggiarlo furiosamente. Cillian alzò il braccio, non tanto per respingerla quanto per accettare più facilmente i suoi colpi.

"Sheila, ti prego!" la supplicò Sara. Nicky si chiese se dovesse intervenire, per trattenere Sheila. Ma né lei né Sara fecero nulla, mentre Sheila continuava a far piovere sberle su Cillian, inferte con tutto il cuore ma deboli. All'improvviso, Sheila si fermò, tornò verso la poltrona, si girò come per lasciarcisi cadere sopra, e poi rimase lì, a fissare suo figlio. Sembrava presa da un'agonia di impulsi contrastanti, ogni possibile linea d'azione, compreso il suo contrario, diventava intollerabile nel momento stesso in cui la considerava.

"Doll non c'entra niente in tutta questa... merda," sibilò "questo mondo di merda in cui hai scelto di vivere."

"Lo so," disse Cillian.

Sheila guardò Nicky. Nicky poté vedere il lucore rabbioso delle lacrime nei suoi occhi.

"E a questa povera ragazza, al lavoro, tocca pure farsi minacciare per conto tuo."

"Deve rimanere tra me e loro," disse Cillian. "Doll non c'entra nulla".

"Queste teste di cazzo in teoria sono i suoi amici!" esclamò Sara. "È sempre stato lui a rischiare per loro. Finora ha dato tutto quello che poteva, fino all'ultimo centesimo. Non riesce a dormire. Riesco a malapena a farlo mangiare. Tutto quello che dovevano fare era dargli tempo..."

"Devi fare qualcosa, Cillian," disse Sheila. "Non puoi startene seduto qui."

"Lo so," disse. "Lo farò."

Sheila guardò per un attimo come se volesse di nuovo aggredirlo. Poi il suo sguardo spaziò per la stanza, come se ci fosse qualche altra presenza, qualche terzo fino ad allora nascosto, a cui potersi appellare, con cui poter negoziare. Ma non c'era nessuno.

"Tutti questi anni," disse a Cillian. "Tutti questi anni a pensare che, sotto sotto, tu potessi essere meglio di quello che sei. La stupida sono io."

Quando Nicky tornò al suo appartamento erano le tre del mattino. Si infilò nel letto con il telefono appoggiato sul cuscino all'altezza degli occhi, lo guardava desiderosa che apparisse il numero di Doll. Prese sonno. Si svegliò di soprassalto all'alba, ancora in tenuta da lavoro, con la luce che filtrava dalla finestra, si era dimenticata di tirare le tende.

Non sapendo cos'altro fare, prese la macchina. Andò a Foxford e poi a Castlebar, a Westport, di nuovo su e intorno a Newport, Mulranny, Crossmolina. Attraversò città, villaggi e quartieri residenziali. Prese deviazioni casuali lungo strette stradine di campagna, si fermò davanti a case isolate e fissò intensamente le loro finestre d'ingresso, piccole e oscuramente indecifrabili come negativi fotografici. Immaginava celle improvvisate dietro le porte sgangherate e chiuse da catenacci che si intravedevano alle estremità delle strade.

Nicky guidava senza speranza, consumata da un decrescente sentimento di ansia e ossessione. La campagna era immensa, silenziosa e vuota, e per ogni strada che imboccava doveva rinunciare a una decina di altre, tutte quelle strade secondarie e quei sentieri che deviavano per miglia in ulteriori gradi di oscurità rurale. Doll si era perso e lei aveva bisogno di trovarlo, ma la campagna non le dava nulla: la campagna teneva la lingua a posto e distoglieva con fermezza lo sguardo mentre lei viaggiava verso l'orizzonte basso e infinito e le seghettature indistinte delle catene montuose lontane, i campi aperti che scorrevano come la fila di pagine bianche alla fine di un libro dopo che la storia era finita.

Nel pomeriggio parcheggiò in uno spiazzo fuori Charlestown e bevve un frullato seduta sul cofano dell'auto. Mentre era lì, si fermò un minibus con l'illustrazione di un folletto dal ghigno demoniaco che sollevava una pinta di birra, e lei osservò un assortimento di ragazzi – avevano la carnagione cinerea, i colletti storti e le posture stravolte di chi è reduce da un addio al celibato – che entravano nella stazione di servizio e poi ne uscivano, ognuno con in mano un roll di insalata di pollo e una bevanda energetica curativi, la bevanda la sistemarono tutti direttamente sull'asfalto, mentre l'autista del minibus fumava una sigaretta e fissava diplomaticamente altrove. A Nicky venne quasi voglia di piangere alla vista di quelle persone, così al sicuro nell'ordinarietà della loro triste domenica da doposbronza. Poi tornò a Ballina e andò a lavorare, perché cos'altro poteva fare?

La domenica sera non era affollata come il sabato, al Pearl c'era comunque un certo fervore nell'aria, più che sufficiente a tenerla occupata, però, più di una volta, l'apparizione di un qualche tizio dalla corporatura particolarmente asciutta e dal viso ossuto, dall'altra parte del bancone, la fece sobbalzare.

Poi Sheila chiamò. Nicky non rispose, ma quando ne ebbe l'occasione si chiuse nel bagno del personale e la richiamò.

"Scusa se ti disturbo adesso, Nicky," disse Sheila, con voce bassa ma ferma. "Stavo pensando alla situazione in cui ci troviamo e mi è venuta in mente una cosa. Posso dirti di cosa si tratta?"

"Certo," disse Nicky.

"Anni fa, quando avevo più o meno la tua età, lavoravo in un pub sulla strada di Foxford. Il Yellow Thistle. Ormai non esiste più da anni. È lì che ho incontrato per la prima volta il padre di Doll, ahimè. Ma oggi stavo pensando a come diverse volte all'anno – durante il Natale, le feste eccetera – ci fosse sempre una grande affluenza di pubblico, e spesso finivamo per raddoppiare o addirittura triplicare gli incassi della settimana."

"Ok," disse Nicky.

"Gli incassi uscivano il lunedì. Di solito la mattina. Uno dei ragazzi impacchettava tutto e portava i soldi in banca."

Sheila si fermò di nuovo, come se aspettasse che Nicky dicesse qualcosa, ma non lo fece.

"Ed è proprio questo che mi chiedevo, Nicky," continuò Sheila dopo un attimo. "Gli incassi del Pearl escono il lunedì?"

La risposta era sì, ma Nicky esitava a dirlo.

"Sono molto preoccupata per mio figlio, Nicky," insistette Sheila. "Sono preoccupata per Doll."

Nicky annuì, come se Sheila potesse vederla. Nicky immaginava di essere seduta nella cucina degli English con Doll e Sheila, a bere tè e biscotti e a parlare, come avevano fatto innumerevoli volte nel corso della relazione tra Nicky e Doll. Nel corso di queste conversazioni, Sheila spesso poneva a Nicky una serie di domande, a volte pungenti, su qualche aspetto della sua vita. E se questa stessa conversazione si fosse svolta al tavolo della sua cucina, con Sheila che continuava a fare queste domande, Nicky non ci avrebbe pensato due volte a risponderle, perché nulla di ciò che poteva dirle era un segreto.

"Sì," disse infine. "Di solito gli incassi escono il lunedì."

"A che ora? Presto?"

"Non troppo," disse Nicky. "Ultimamente se la prende un po' comoda."

"E chi è? Come si chiama il capo?"

"Flynn."

"E verso che ora Flynn porta via l'incasso?"

"Dipende."

"Ma più o meno a che ora? La mattina, direi."

"La mattina, a volte anche più tardi. Alle undici, intorno a mezzogiorno," disse Nicky, "verso l'ora di pranzo, perché Flynn di solito pranza in città."

"E lo porta con la sua auto, suppongo? Il ragazzo del Thistle faceva così."

"Sì, è così."

"Che tipo di auto guida questo Flynn?"

"Tipo un'Audi."

"Le auto di questi tempi sono tutte di un colore molto scialbo. La sua com'è? Grigia? Bianca?"

"È bianca, sì."

"Be', ottimo," disse Sheila. Poi disse qualcosa che Nicky non colse. Il frastuono del pub cominciava a filtrare dalla porta del bagno.

"Cosa?" chiese Nicky, premendo il palmo della mano contro l'orecchio scoperto e accucciandosi per sentire meglio Sheila.

"Ho detto che ora sono in preda a un'emicrania. Un'emicrania in piena regola. Che mi opprime. È una cosa brutta, Nicky. Non ho chiuso occhio stanotte."

"Nemmeno io."

"Voglio solo che Doll torni a casa."

"È quello che voglio anch'io," disse Nicky.

"Lo so," disse Sheila. "Grazie, cara."

Nicky si tolse il dito dalla bocca ed esaminò il punto rosicchiato dove aveva morso l'unghia. La carne era lacerata e bruciava ancora, ma il sangue si era fermato. Evidentemente, Sheila l'aveva coinvolta in una storia a cui stentava a credere. Una parte di lei voleva dire qualcosa a Flynn. Nemmeno qualcosa di esplicito, solo trovare un motivo per fargli spostare l'ora della partenza con l'incasso più tardi. Ma ogni volta che immaginava di farlo, Nicky si ricordava che quell'uomo aveva dato a Cillian la scadenza di lunedì, e quindi qualsiasi cosa dovesse accadere, doveva accadere quel giorno stesso. Finì il caffè. Si rosicchiò le unghie. Continuò a guardare il telefono finché non fu il momento di andare.

Quando rientrò, era un momento tranquillo. Al ristorante c'erano diversi ospiti che facevano colazione. Dietro il bancone, Barry Madigan che parlava al telefono. Madigan aveva circa quarant'anni. Suonava le tastiere in una band. Era alto, con una fronte massiccia e protuberante come quella di un alieno e una deplorevole disposizione dei capelli: sottili in cima e rastrellati all'indietro in solchi molto distanziati, il residuo di una coda di cavallo penzolante tra le scapole. Era un bravo tipo. Si sforzava poco o nulla per il lavoro e, chissà come, non era mai stato licenziato. Nicky pensava che Flynn lo tenesse lì solo per avere qualcuno con cui potersela prendere. Nicky andò al suo posto. Dopo un po' apparve Flynn. Entrò subito dietro il bancone, prese un bicchiere dalla mensola, lo esaminò alla luce, lo ruotò, controllò un secondo bicchiere. Disse qualcosa a Madigan, una cosa breve e senza dubbio tagliente, poi si diresse verso la postazione di accoglienza. Alla postazione di accoglienza c'erano un cavalletto e un tavolo con un mazzo di orchidee sintetiche bianche che penzolavano da un vaso, una pila di menu, tovaglioli a righe, una brocca d'acqua e un secchio di metallo con cubetti di ghiaccio gocciolanti. Flynn mise una cucchiaiata di ghiaccio nel bicchiere e versò l'acqua. Sorseggiò, si passò la lingua sui denti e fece una smorfia, sempre osservando Nicky che completava il giro della stanza.

"Non servire quest'acqua," disse quando Nicky si avvicinò alla postazione di accoglienza. "Si sente il gusto di rubinetto. Chi ha detto di servirla?"

"Sono appena entrata," disse Nicky.

Flynn le passò il bicchiere.

"Assaggialo. Su."

Bevve un sorso.

"Lo senti il gusto?"

Bevve un altro sorso e replicò l'azione di Flynn di far scorrere l'acqua intorno ai denti. Non sapeva di niente. Aveva un buon sapore.

"Ma è l'acqua o il ghiaccio?" chiese, tanto per dire qualcosa.

"Lascia stare il ghiaccio," disse Flynn. "Se bevo un'acqua del genere in un posto che serve cibo al nostro livello di prezzo, non ci torno più. Non deve essere per forza Evian. Ma non può essere quella del rubinetto".

"Dillo a Barry."

"Lo dirò a quel testadicazzo di Barry," disse Flynn con severità. "Però tu capisci il perché."

"Perché non è abbastanza buona," disse.

"Acqua in omaggio," disse Flynn. "La cosa più difficile al mondo da sbagliare."

Flynn se ne andò e rimasero solo Nicky e Madigan a occuparsi del bancone e del locale. L'ufficio del direttore si trovava nel corridoio appena fuori dal ristorante. A un certo punto Flynn sarebbe entrato nell'ufficio, avrebbe contato e impacchettato i soldi, poi li avrebbe messi nella borsa di tela logora che usava sempre – doveva essere il suo vecchio zaino di scuola – e sarebbe salito in macchina per portarli in banca, proprio come Nicky aveva detto a Sheila che avrebbe fatto. Non molto dopo le undici vide Flynn entrare e chiudersi la porta alle spalle. Il cuore di Nicky cominciò a battere forte. C'era uno spiraglio, che diminuiva di secondo in secondo, per convincere Flynn a non portare l'incasso in città. Poi pensò a Doll e tutto ciò che riuscì a fare fu continuare a camminare per il locale quasi stordita, pulendo i tavoli già puliti e sistemando le sedie. Poco dopo, Flynn tornò dall'ufficio, con la borsa a tracolla.

Nicky gli andò vicino.

"Devo dirti una cosa," disse lei, sorridendogli mentre camminava al suo fianco, sforzandosi di essere amichevole.

"Che succede?" disse Flynn distrattamente.

"Ho di nuovo fallito. Ho ripreso a fumare. Ne vuoi una?"

"Sto uscendo."

"Solo che non ho sigarette," disse Nicky. "Ho pensato che se ti fai una sigaretta veloce, magari te ne posso scroccare una."

Flynn rallentò. Aggrottò le sopracciglia e si concesse una rapida e apprensiva leccata di labbra. Nicky capì che stava per cedere.

"Sto cercando di smettere anch'io," disse, "solo per fartelo sapere."

"Cercare di non fumare e fumare," disse Nicky, "è comunque provarci."

Il punto in cui si misero a fumare si trovava in fondo al parcheggio, accanto al muretto che costeggiava il Moy. Dall'altra parte del muro, digradavano verso l'acqua delle formazioni rocciose e una serie di alberelli. Il vento che soffiava dal fiume fu sufficiente a far spegnere due volte la fiamma dell'accendino di Flynn.

"Un aiutino," disse lui.

Lei si tolse una ciocca di capelli tremolante dall'angolo della bocca, se la tirò dietro l'orecchio e prese l'accendino. Flynn inclinò il mento e contrasse la mascella per tenere la sigaretta a livello. Nicky alzò la fiamma verso il suo viso e, mentre lo faceva, Flynn portò le mani ai lati delle sue per formare uno schermo dagli elementi, vicino, ma facendo attenzione a non toccarla.

"Fino a che ora stasera?" le chiese una volta accesa anche la sigaretta.

"Le sei."

"Avrai tutta la sera da goderti, quindi."

"Più o meno."

"Che cosa farai?"

"Non molto. Probabilmente andrò a letto presto."

"Perché stasera una giovane come te non va in giro a far baldoria?"

"È lunedì. I giovani non fanno sempre baldoria, sai."

"Io da giovane sì."

"Buon per te," disse Nicky, cercando di apparire disinvolta mentre scrutava il parcheggio. Era mezzo pieno, c'erano forse venti macchine e altre parcheggiate lungo la strada appena fuori dall'ingresso. Pensò che Cillian l'avrebbe fatto qui, sempre che lo facesse.

"Lui come sta?" le chiese Flynn.

"Doll?"

"Doll," disse Flynn sorridendo. "Senza offesa, non riesco a credere che il tipo con cui esci si chiami così."

"A volte me ne dimentico," disse. "Per me è solo il suo nome, ormai. La gente dice che gli sta bene."

"Forse sì," disse Flynn.

Un'auto entrò nel parcheggio e avanzò verso di loro, con macchie di cielo scintillanti che si riflettevano sul parabrezza. L'auto si muoveva lentamente, ma è così che si muovono le auto nei parcheggi. Nicky guardò l'acqua mentre passava davanti a loro e quando si voltò indietro, l'auto stava concludendo il giro del parcheggio ed era quasi arrivata all'uscita.

"Tornerai a scuola in men che non si dica," disse Flynn.

"Manca ancora un po' di tempo," disse Nicky.

"Devi dirmi la data in cui intendi smettere qui."

"Sì, certo, poi te la dico," disse lei.

"Ci mancherai," disse. "Sei una delle poche persone qui dentro con la testa sulle spalle."

Nicky lo guardò.

"Davvero?" disse lei.

"Quando tornerai a scuola sarai molto impegnata, ma se vuoi continuare a fare qualche ora nei finesettimana, potremo trovare il modo, se ti va. E se volessi tornare a tempo pieno l'estate prossima, potrei rimetterti in regola. Non sarà un problema."

"Grazie."

"Perché sei brava a fare il tuo lavoro."

L'auto si era fermata all'uscita. Era lì che aspettava, con la freccia lampeggiante, preparandosi a svoltare sulla strada principale.

"Me l'hai già detto una volta," disse a Flynn.

"Cosa?"

"Che ho la testa sulle spalle."

"Davvero?"
"Sì."
Lui si aggiustò la tracolla della borsa sulla spalla.
"Be', se te l'ho già detto," disse "lo pensavo allora e lo penso ancora adesso."
Questo fu sufficiente a far rivivere a Nicky la sensazione, acida e sempre incombente, della notte del raduno motociclistico, le chiacchiere logoranti e la fiacca intrusione finale del bacio di Flynn. Fece un passo indietro. L'auto era ancora ferma all'uscita. Passarono due secondi, tre. Sentiva il sapore del fumo in bocca e d'un tratto si accorse del rumore del fiume, il tremendo fruscio del suo flusso, così ricco e incessante da sembrare una specie di silenzio. Guardò la freccia che lampeggiava, spento, acceso. Non stava accadendo nulla, tranne quello che stava accadendo.
"Tutto bene?" disse Flynn.
Nicky lo guardò e sorrise a vuoto. Aveva il cuore a mille. L'auto poteva essere qualsiasi altra auto. Nel momento in cui lei avesse concluso la conversazione, lui sarebbe salito in macchina e si sarebbe diretto verso la banca, tutto qui.
"Sì, tutto bene," disse con freddezza, gettando la sigaretta a terra e calpestandola. "Meglio che torni al lavoro."
Si voltò e andò verso la porta di servizio. Spinse la porta, entrò e solo allora si guardò indietro. Flynn era già vicino alla sua auto. Lo osservò mentre apriva il bagagliaio, il portellone che si sollevava mentre lui si liberava della borsa. In quel mentre, si udì il ringhio acuto di un motore e l'auto in attesa all'uscita si immise sulla strada sbandando, svoltò e rientrò a tutta velocità nel parcheggio. Un'ondata di sensazioni – shock, ma uno strano shock appagato – la investì con un'intensità tale da farla quasi cadere. Si appoggiò alla porta come se fosse ubriaca, chiudendola ma lasciando uno spiraglio. Attraverso quello spiraglio vide l'auto fermarsi stridendo a pochi metri da Flynn, che rimase lì con la borsa

tra le braccia, congelato e confuso, mentre la portiera si apriva e un uomo dal volto coperto saltava fuori. L'uomo mascherato fece due passi verso Flynn e nell'arco di quei due passi Nicky poté notare l'inclinazione strana delle sue spalle. Una parte di Nicky voleva gridare, ma l'urlo le si fermò in gola quando le venne in mente con chiarezza e decisione che doveva essere in grado di dire a chiunque lo chiedesse che non aveva visto nulla. Stringendo forte la maniglia, tanto da non far tremare la mano, chiuse la porta lentamente, aspettando che la serratura scattasse prima di rilasciare la maniglia con la stessa cautela con cui avrebbe lasciato andare l'estremità affilata di un coltello.

10.

Dev andò a prendere gli asciugamani dalla cassettiera sul pianerottolo. Mentre Doll si asciugava, Dev andò a svuotare la vasca da bagno e vide che Doll ci aveva vomitato dentro: in mezzo al vortice torbido simile a petrolio di qualsiasi altra cosa la sua pancia avesse disgorgato, si erano depositati pezzi di carne semidigerita e qualche fagiolo intatto.

Dev chiese a Doll di aiutarlo a ripulire il bagno distrutto. Spazzarono e imbustarono i vetri rotti, passarono lo straccio sul pavimento, pulirono la vasca. Mentre lavoravano, Doll rimase obbediente e silenzioso, parlò solo se interpellato. Tutto ciò che Dev gli ordinava di fare lui lo faceva senza un accenno di dissenso o di disappunto.

Dev notò di nuovo la condizione pietosa dei polsi di Doll.

"Ho della pomata nella scatola dei medicinali," gli disse una volta che ebbero fatto il possibile per riordinare il bagno.

Scesero al piano di sotto.

I Ferdia erano al tavolo della cucina a bere Corona, con i vestiti ancora chiazzati di umido. Quando Dev fece entrare Doll, i fratelli si girarono verso di loro senza fare commenti.

Dev portò giù la scatola dei medicinali. Prese il polso di Doll, applicò e massaggiò la crema disinfettante, poi si occupò dell'altro. Doll sospirava tra i denti, ma non si lamentò né fece resistenza. Dev spinse due compresse di paracetamolo fuori dalle loro confezioni di stagnola e bevve un bicchiere d'acqua, sempre consapevole dell'attenzione dei Ferdia.

"Ecco," disse, porgendo le pillole a Doll.

"Hai un cerotto, Dev?" chiese Sketch. Alzò il braccio per indicare il filo di sangue fresco che gli colava lungo l'avambraccio. Dev tirò fuori un cerotto e lo portò a Sketch.

"Vedi come sei fortunato?" disse Gabe, sollevando la bottiglia di Corona in segno di saluto verso Doll.

Doll non disse nulla.

"Lo sai in che casini ti troveresti se non fosse per Dev?" continuò Gabe. "Quello che devi fare è cominciare a mostrargli un minimo di rispetto."

"Ha proprio ragione," concordò Sketch, staccando la striscia di cellophane e applicando il cerotto sul braccio.

Gli occhi di Doll avevano una lucentezza opaca e senza vita, come biglie.

"Andiamo," disse Dev.

Andarono in salotto. Dev fece sedere Doll sul divano.

"Vuoi guardare qualcosa? Ci sono un mucchio di film sulla chiavetta," disse Dev scorrendo la libreria. "Potremmo guardare qualcosa di divertente, o...?"

Guardò Doll.

"*Superbad* l'hai visto?" buttò lì.

Nessuna risposta, nessuna indicazione di aver sentito la domanda di Dev. Dev lanciò il telecomando verso la testa di Doll, mirando all'ultimo momento appena fuori bersaglio. Il telecomando lo colpì alla spalla, rimbalzò sul muro e ricadde sul divano, le batterie uscirono da dietro a causa dell'impatto. Ancora nessuna reazione.

"E che cazzo," sibilò Dev, chinandosi a recuperare le batterie dal pavimento. Ne prese una che gli sfuggì dalle dita e rotolò sotto il divano. "Che cazzo, che cazzo," disse, mettendosi in ginocchio e frugando sotto il divano, con le guance bruciate dal rimorso e le lacrime di frustrazione che gli colavano negli occhi. Quando alzò lo sguardo, Doll stava ancora fissando vacuamente lo schermo del televisore.

"Va bene qualsiasi cosa," borbottò.

Verso le dieci Sketch si affacciò alla porta del salotto e disse che era ora che il ragazzo scendesse. Dev voleva dire qualcosa sui suoi polsi. Era necessario legarlo? Potevano farlo in un altro modo? Legarlo per le gambe o qualcosa del genere, solo per dargli sollievo ai polsi per una notte. Mentre pensava a questo, vide che Sketch lo stava osservando, con uno sguardo laterale e intransigente, come se sapesse cosa stava pensando e fosse pronto a intervenire se solo avesse detto una parola. Dev non disse nulla, si limitò a guardare Doll che si alzava e se ne andava con Sketch.

Dev rimase seduto per un po', con la TV accesa. Quando la spense, non avrebbe saputo dire quanto tempo era passato. Il dolore alla testa era di nuovo lì, lieve e diffuso. A volte si chiedeva se fosse mai passato davvero, o se fosse solo che si attenuava a intermittenza tanto da permettergli di non notarlo più.

Entrò in cucina. Georgie dormiva nella cesta vicino alla porta sul retro, con gli occhi chiusi ma il naso puntato verso l'alto e una zampa posteriore sollevata un po' dal corpo, scalciando delicatamente l'aria mentre sognava quello che sognano i cani. Il tavolo della cucina era ormai ricoperto di bottiglie di Corona vuote. I Ferdia avevano fatto ricorso a quel che rimaneva del Baileys. Lo stavano bevendo dentro due tazze da tè. Dev tirò fuori dall'armadietto la scatola dei medicinali. Nella confezione erano rimaste solo due compresse di paracetamolo. Le fece saltare fuori.

"Tua madre lo beveva con il ghiaccio?" chiese bruscamente Gabe, indicando la bottiglia di Baileys. Il vetro della bottiglia era così scuro che non si poteva vedere attraverso.

"Sì," disse Dev.

"È questo il punto," disse Gabe con un gongolante schiocco di lingua. "Il Baileys va conservato in frigorifero. Per via della crema. Il liquore non va a male, ma la crema sì. Se lo tieni al fresco, lo bevi fresco. Se lo si tiene a temperatura ambiente e poi si aggiunge il ghiaccio all'ultimo, è troppo tardi."

"Quindi ha sempre sbagliato," disse Dev.

"Non sarebbe mica la prima."

"Finché ti porta dove devi andare, chi se ne frega?" disse Sketch con burbera diplomazia mentre mandava giù il contenuto della sua tazza.

"Scusa," disse Gabe "scusa, scusa, scusa," cantilenò guardando Dev, allungando e spremendo la parola, trasformandola in una provocazione. "È quello che volevo dire. SCUSA se prima mi è partita la brocca."

Si pulì l'angolo della bocca con il dorso della mano. Era quantomeno un po' ubriaco.

Per un attimo Dev pensò di chiedere a Gabe perché avesse fatto quello che aveva fatto. Aveva davvero intenzione di annegare Doll? O solo di spaventarlo? Avrebbe mollato la presa su Doll di sua spontanea volontà se non fosse intervenuto lui? Ma sapeva che non aveva senso. Senza considerare la quasi certezza che Gabe avrebbe mentito spudoratamente, la risposta più probabile che avrebbe dato a una qualsiasi di queste domande era che non lo sapeva; che, preso dal momento, aveva trascinato Doll al piano di sopra e gli aveva tenuto la testa sott'acqua e che avrebbe continuato a farlo fino a quando l'ondata di collera che lo attraversava non avesse cominciato a diminuire. A quel punto Doll sarebbe, o non sarebbe, morto. I Ferdia erano inaffidabili, ma anche pericolosamente risoluti, erano creature che non comprendevano la loro natura e non si preoccupavano di comprenderla. Non si poteva mai dire quali confini avrebbero deciso di oltrepassare, quali traiettorie avrebbero seguito le loro azioni, fino ad arrivare al non lieto fine, perché non lo sapevano nemmeno loro.

"Solo che mi sono un po' arrabbiato quando sono entrato in cucina e ho visto in che stato eri," disse Gabe. "Non puoi incolparmi se ho pensato che il ragazzo doveva averti detto qualcosa per ridurti in quello stato."

"Abbiamo pensato che ti stesse venendo un infarto," disse Sketch.

Dev incrociò le braccia. Quindi adesso era questa la strategia che stavano tentando. Dire che l'avevano fatto per lui.

"Quello che ha detto il ragazzo non c'entra niente," ribattè Dev. "Ve l'ho detto che non stavo avendo un infarto."

"Se non è stato un infarto, che cazzo è stato? chiese Sketch.

Dev si meravigliò della rapidità con cui avevano spostato l'argomento su di lui, della bruschezza con cui lo avevano messo alle strette con i loro discorsi.

"Ho dei mancamenti," disse Dev.

"Mancamenti."

"Tipo che mi gira la testa. Tipo una sensazione di vertigine e malessere. Mi viene male al petto."

"Tipo un attacco di panico," disse Sketch.

"Qualcosa del genere."

Gabe e Sketch lo guardarono.

"Va e viene," disse Dev.

"Da quanto tempo è che va e viene?" disse Gabe.

"Credo..." disse Dev "da quando se n'è andata mia madre. Forse da allora l'ho avuto più spesso."

"Be', Gesù, Dev," mormorò Gabe e per un attimo sembrò quasi preso alla sprovvista, "avresti anche potuto illuminarci."

"Sono affari miei."

"Temo che siano anche affari nostri, ragazzo. Visto l'accordo in corso tra te e Mulrooney."

"Devi dircele, certe cose, Dev," intervenne Sketch.

"Questa è casa mia," disse Dev, con cautela ma con chiarezza. "Non ditemi cosa devo fare a casa mia."

"Il fatto è che tu, Dev," disse Gabe "sei un tipo trasparente. È quello che ho detto a Mulrooney quando ti ho raccomandato. Gli ho detto che Dev non avrebbe fatto il furbo, che non avrebbe mai imbrogliato. Dev è come lo vedi."

"Devo sapere quando questa cosa finirà," disse Dev.

Gabe si schiarì la gola.

"Domani," disse. "È stato comunicato a Cillian. Gli è stato detto che deve portarci i soldi entro domani sera."

"E pensi che lo farà?"

"Deve farlo."

Deve farlo, o cosa? Avrebbe voluto chiedere Dev. Ma temeva che nemmeno gli stessi Ferdia conoscessero la risposta.

"Quanti soldi deve ancora?" disse Dev, rendendosi conto di non conoscere la cifra, di non averla mai chiesta.

"Diciottomila," disse Sketch.

"Diciotto?"

"Cosa?" disse Gabe.

"Niente," disse Dev. "Solo che pensavo di più."

"Diciottomila euro non sono una cazzata, ragazzo mio."

"No, certo, è un bel gruzzolo."

"I soldi sono una cosa. Ma la cosa più importante è il principio."

"Il principio," disse Dev.

"Il principio," ripeté Gabe, versando l'ultimo goccio di Baileys per Sketch e poi per sé stesso, facendo ruotare in aria la pesante bottiglia scura finché non fu capovolta, con le ultime gocce che colavano dal collo nella tazza da tè.

"Allora, cosa ti ha detto?" chiese.

"Cosa?" disse Dev.

"Il ragazzo. Hai detto che *quello che ha detto non c'entra nulla.* Quindi ti ha detto qualcosa. Che cosa?"

"Niente," disse Dev.

"Niente balle, Dev."

"Mi ha detto," balbettò Dev "di aver conosciuto il mio vecchio."

"Il ragazzo ha conosciuto il tuo vecchio?" disse Sketch. "Quando?"

"Venerdì."

"Mi stai prendendo in giro."

"Mi ha detto che venerdì era all'ospedale ed è lì che l'ha incontrato."

Gabe e Sketch si scambiarono uno sguardo.

"L'ospedale?" chiese Sketch.

"Dev'essere stato prima che lo vedessimo da Cillian," disse Gabe.

"O sono cazzate," disse Sketch. Guardò Dev: "E ti sta solo prendendo per il culo."

"Non credo che mi stesse prendendo per il culo."

"Perché no?"

"Il modo in cui ha descritto come si comportava. Sembrava proprio mio padre."

"E come si comportava?"

"Ha detto che gli ha chiesto di andare alla sala scommesse a scommettere sui cani per lui," disse Dev "ed è una cosa che fa. Chiede alla gente di andare a scommettere per lui, perché non gli piace andare in città di persona."

Sketch sollevò il braccio e si toccò il cerotto che aveva appena applicato. Serrava la mascella e pensava.

"Oh, questo non mi piace," disse. "Non dovevi dirmelo."

"Mi hai detto tu di dirtelo," disse Dev.

"Siamo in un momento delicato, ragazzo," lo avvertì Gabe.

"È stata una coincidenza."

"Non voglio sentir parlare di coincidenze che coinvolgono il tuo padre sbirro fuori di testa che incontra quel ragazzino, stupido scimmione del cazzo," disse Sketch con improvvisa violenza.

Georgie si agitò nella sua cesta, emise un guaito sognante e si sistemò di nuovo.

Dev era in piedi con l'osso sacro appoggiato sul bancone. Afferrò il bordo del bancone e contò nella sua testa fino a cinque. Inspirò un respiro e lo fece uscire dal naso.

"Non sono uno scimmione," disse a bassa voce.

Pensò che Sketch se la prendesse di nuovo con lui, ma invece l'uomo si agitò sulla sedia e cominciò a strofinarsi con dispiacere l'angolo della mascella, come se avesse appena ricevuto uno schiaffo.

"Ogni quanto lo vedi, il tuo vecchio?" chiese Gabe.

"Non so," disse Dev.

"Hai detto che non viene più qui."

"Infatti non viene."

"E tu non vai a trovarlo?"

"No."

"Quel povero cristo è rinchiuso in un istituto a Ballina e tu non vai mai a trovarlo?" disse Sketch.

L'ultima volta che Dev aveva visto suo padre era stato il giorno della sepoltura. Martin Hendrick si materializzò a metà della funzione in qualcosa che assomigliava a un abito da lutto. I pantaloni grigi non si intonavano alla giacca nera. Con lui c'era qualcuno dell'Unità, un'inserviente o un'infermiera, una ragazza sui vent'anni che masticava gomme con evidente indifferenza. Dovevano avergli somministrato una certa quantità di farmaci per fargli superare la giornata: nel pub, dopo la funzione, si muoveva come se l'avessero sedato e passò quasi tutto il tempo rintanato negli angoli, con lo sguardo vitreo nel vuoto, rispondendo a malapena alla manciata di persone che gli si avvicinavano per porgergli stringate condoglianze prima di restituirlo alla custodia della sua accompagnatrice masticatrice di gomme. A un certo punto Dev si affacciò e vide che suo padre era solo in fondo al bar. L'infermiera doveva essere andata in bagno o a fare una telefonata. Aveva qualcosa sul mento. Dev si avvicinò per vedere.

Una striscia traslucida di bava gli era colata dall'angolo della bocca. Non sembrava essersene accorto o, se se n'era accorto, non gliene importava niente. Fino a quel momento della giornata non si erano verificate le condizioni per cui Dev e suo padre avessero dovuto assolutamente salutarsi o parlarsi direttamente, e così non era successo; da parte sua, Dev non aveva voluto farlo. Non aveva idea, invece, di cosa potesse volere, se lo voleva, quel suo padre semicatatonico.

Ma in quel momento Dev prese un paio di tovaglioli e si avvicinò a lui.

"Ecco," disse, sventolando i tovaglioli al padre.

Gli occhi di Martin Hendrick si posarono lentamente su Dev.

"Cosa?" disse in un sussurro incerto.

Dev indicò la sua bocca.

"Credo che tu abbia bisogno di un..." disse, porgendo di nuovo i fogli di carta tremanti.

"Eh?" fu tutto ciò che suo padre disse, inclinando la testa e tendendo angosciosamente un orecchio verso Dev, con l'intero volto contratto in un'espressione di stupita incomprensione, come se Dev gli stesse parlando in una lingua che non riusciva a capire, o a un volume eccessivamente basso, un suono che suo padre riusciva a seguire solo in parte, e anche in quel caso solo con un tremendo sforzo interiore.

"Mia madre," disse Dev.

Dev voleva solo un segnale, un guizzo di riconoscimento. Non per sé, ma per lei. Se Moira Hendrick si era data completamente a Dev, aveva fatto lo stesso per quest'uomo. Lo stesso e anche di più. E per cosa?

"Mia madre..." ricominciò Dev.

Si strozzò.

Il respiro gli si spense come un fiammifero.

Non poteva sopportare di guardare suo padre. Di stargli vicino. Lasciò i tovaglioli sul bancone e si allontanò.

Ora, nella cucina di casa sua, guardò Sketch Ferdia dritto negli occhi.

"No," disse.

"Be' da parte tua è davvero insensibile, cazzo, amico," rispose Sketch.

"Non lasciarti ingannare," disse Gabe al fratello. "Nelle vene di quest'uomo c'è solo ghiaccio."

Dev voleva andare a letto e stare da solo, ma i Ferdia gli ricordarono che era il suo turno sul divano. Prese il suo sonnifero e portò una coperta in salotto. La giornata lo aveva svuotato, i nervi caldi che si stavano spegnendo sotto pelle, come braci nella cenere. Quella notte scivolò nel sonno con facilità e sognò. Sognò il suo ultimo giorno a Complere. Si era licenziato proprio a metà del turno. Aveva intenzione di aspettare fino alla fine della giornata, ma per tutta la mattina gli erano tremate le mani e continuava a dover ingoiare il gomitolo di bile sfrigolante che gli risaliva continuamente nell'esofago, così era entrato nell'ufficio del responsabile di piano Paddy Brogan poco prima di pranzo e, senza preamboli, aveva detto che da quel momento aveva finito, che se ne andava e che non sarebbe tornato. Brogan lo guardò sorpreso. Aveva gli occhi grandi e iniettati di sangue e i lineamenti gentilmente corrucciati di un segugio. A suo favore c'è il fatto che cercò di essere corretto, anche se non era obbligato a esserlo. Colto alla sprovvista, si riprese subito e chiese a Dev di non prendere decisioni affrettate.

Dopotutto, erano passati solo pochi mesi dalla morte della madre, Brogan aveva suggerito con cautela, ed era sicuro che Dev ci stesse ancora lavorando, e si era persino offerto di dare a Dev un paio di giorni di congedo non retribuito, se avesse voluto, ma Dev aveva detto di no, aveva riflettuto e riflettuto e aveva deciso. Non avrebbe cambiato idea.

Dev accettò di tornare alla sua postazione fino a quando Brogan non fosse stato in grado di far arrivare qualcuno per sostituirlo, poi si allontanò dal piano senza ulteriori cerimonie. Non salutò nessuno, evitando gli sguardi dei suoi compagni di lavoro mentre si dirigeva verso la porta, anche se nessuno di loro, se lo avesse visto uscire, avrebbe sospettato che se ne stava andando per sempre.

Fuori era piena estate e il parcheggio dei dipendenti era immobile e caldo nella calura di mezzogiorno. Dev si trovava nella fredda ombra blu della facciata ondulata della fabbrica e non provava alcun sollievo. Non se lo aspettava. Nel sogno, esattamente come nella vita reale, avvertiva il lento, inesorabile avvicinarsi dei giorni senza forma e senza prospettive che sarebbero venuti, giorni in cui non sarebbe stato necessario alzarsi dal letto, lavarsi i denti o parlare con nessuno, giorni che, col tempo, sarebbero diventati anch'essi insopportabili. Per un lungo momento aveva immaginato di voltarsi, tornare dentro e dire a Brogan che in realtà aveva appena commesso un terribile errore. Ma non lo fece. Gli era servita ogni briciola di convinzione per trascinarsi fuori dal letto e arrivare lì, quella mattina. Era riuscito a farlo solo perché aveva giurato a sé stesso che non l'avrebbe mai più fatto.

Alla fine, non avendo nulla da fare e non potendo andare da nessuna parte se non a casa, iniziò a camminare verso il cancello del parcheggio. Mentre superava le file di auto parcheggiate, il sole colpiva la superficie inclinata dei parabrezza e gli lampeggiava nella coda dell'occhio come un semaforo ripetitivo e frenetico. Ogni volta che girava la testa per guardare, la luce si allontanava e vedeva che l'interno di ogni auto era buio e vuoto come una grotta.

Lunedì mattina Dev si alzò e fece uscire Georgie dal retro per pisciare. Il tempo era calmo e uggioso, il cielo un muro grigio di nuvole, debolmente illuminato dal pallido bagliore di un sole che non riusciva a vedere. Quando tornò dentro, fece alzare il ragazzo e gli applicò altro disinfettante ai polsi. Non c'era molto nel frigorifero. Dev mise insieme una colazione a base di pane tostato, tè e uova sode.

"Come hai dormito?" chiese a Doll.

Doll non rispose. Ci fu solo una breve interruzione del ritmo della sua masticazione poi prese un sorso di tè e deglutì.

"Credo che tutto questo finirà oggi," disse Dev "stasera."

Doll lo guardò.

"Hanno parlato con Cillian," proseguì Dev. "Entro stasera deve organizzarsi per restituire i soldi."

Doll distolse lo sguardo da Georgie, che se ne stava tranquillo nella sua cesta. Dev osservò la mascella di Doll tendersi e rilassarsi.

"Oggi è lunedì," disse Doll.

"Sì."

"Mi sembra di essere qui da molto tempo," disse Doll. Fece una smorfia, ma non a Dev, e fece un gesto improvviso con la mano. Georgie uscì di scatto dalla sua cesta, trotterellò e si arrampicò sulle ginocchia del ragazzo. Doll iniziò a passare la mano sul pelo di Georgie.

"Posso chiederti una cosa?" disse Dev.

Doll grugnì.

"Non sei venuto qui di tua spontanea volontà."
"Secondo te?" lo schernì Doll.
"Come hanno fatto a farti salire in macchina con loro?"
"Mi hanno preso."
"Com'è andata?"
Doll scrutò l'aria con gli occhi, valutando cosa dire, o se dire qualcosa, forse.
"Io stavo camminando nella stradina vicino a Belleek Wood, a testa bassa, pensavo solo ai fatti miei e dal nulla si ferma questa macchina, davanti a me, fa una frenata pazzesca e intanto si apre la portiera dietro. La portiera era aperta e per un attimo non ho capito cosa fosse successo. Ho pensato che ci fosse stato un incidente o qualcosa del genere. Poi Sketch si è sporto dal sedile e ha agitato la mano dicendo: *Vieni qui, ragazzo, vieni qui.*"
"Io sarei schizzato dalla parte opposta come un razzo," disse Dev.
"Si viene colti di sorpresa," disse Doll scuotendo sprezzantemente la testa. "Non sai nemmeno cosa sta succedendo ed è già successo. E la cosa che mi ha fregato è che un po' lo conoscevo. Nel corso degli anni, li avevo visti in giro con Cillian, lui e il fratello. Quindi sono rimasto lì. Ed era proprio quello che gli serviva."
Tra una frase e l'altra c'erano piccole esitazioni, e Dev si accorse che Doll stava compiendo un grosso sforzo per arrivare alla frase successiva e fino alla conclusione della storia, lo vedeva dal movimento ripetuto della testa e delle spalle. "Sketch scatta, mi afferra e inizia a trascinarmi in macchina. Non appena mi ha fatto entrare, mi ha dato una botta in testa, dritta, senza preavviso, e nell'istante in cui l'ha fatto, aveva un ghigno, mi sorrideva come se non fosse niente, o come se me lo fossi immaginato. Ha chiuso la portiera e l'auto è partita, Gabe davanti continuava a girarsi per gridarmi: *Ehi, ragazzo, calmati, conosciamo tuo*

fratello, conosciamo Cillian, siamo amici di Cillian. Io non capivo: non stavo facendo nulla e lui mi urlava contro come se stessi facendo qualcosa per cui dovevo essere calmato. Continuavano a parlare di Cillian, che conoscevano lui e la sua banda e che erano tutti vecchi amici e tutto il resto, e io me ne stavo seduto lì, sai, senza reagire o altro, perché sapevo che era vero, ma non capivo cosa stesse succedendo. Pensavo che mi stessero portando *da* Cillian, ma mi sono accorto che ci stavamo allontanando dalla città e allora ho iniziato a dare di matto, ho iniziato a chiedere cosa stesse succedendo, a dire che volevo tornare a casa, e poi Sketch mi ha di nuovo picchiato e mi ha detto di mettere la testa tra le gambe e di rimanere così o mi avrebbe ucciso. Già." Doll annuì. "Ucciso. Ha detto proprio così. Poi abbiamo fatto tutta la strada al buio finché non siamo arrivati qui."

Dev pensò che quello potesse essere il momento in cui Doll avrebbe lanciato un altro appello, un'altra richiesta di essere lasciato andare o di poter usare un telefono. Ma non disse nulla, chinò la testa e continuò a occuparsi di Georgie. Georgie aveva gli occhi chiusi, si era appoggiato all'inguine di Doll; lì, accoccolato, il cane sembrava essersi addormentato.

"Non ho mai avuto un animale domestico," disse Doll, "ma piaccio agli animali."

Dev si mise in ascolto e sentì il placido ticchettio del respiro dell'animale risuonare dal suo piccolo petto, un suono che indicava un totale appagamento. Forse non era affatto vero che Doll ricordava a Georgie la madre. Era solo che Doll era un altro corpo, un corpo che si era inserito nello spazio creato dall'assenza della madre, e la cui presenza aveva riattivato tutti i vecchi circuiti di eccitazione, gioco e ingraziamento di Georgie, resi sopiti dalla scomparsa di lei. A Dev venne in mente, se non per la prima volta, ma era la prima volta che ci pensava seriamente, che anche Georgie era in lutto, da sempre, come Dev, se si poteva dire che un cane fosse in lutto, ma sicuramente lo era.

Guardò fuori dalla finestra, il cielo completamente immobile e vuoto, la confezione di pane a fette quasi vuota, tutta stropicciata, sul bancone e il fornello con la vecchia teiera di metallo ammaccato poggiata sul fuoco.

"Com'è il tè?" chiese a Doll.

Doll guardò la sua tazza.

"Buonissimo."

"Mia madre diceva sempre che non lo facevo bene," disse Dev. "Bollivo l'acqua, facevo infondere il tè, lo lasciavo lì a fumare sul fornello. Ma lo lasciavo sempre troppo a lungo o non abbastanza. Diceva che il problema era che ci stavo sopra, lo guardavo, ci pensavo, che è vero, ma solo perché non volevo rovinarlo. Quando lo faceva lei, il tè, appena metteva la teiera sul fornello, spariva, se ne andava in giro per la casa a fare chissà cosa e poi tornava al suo ritmo. Ma il suo tè era sempre perfetto. Diceva che non si trattava di prestare attenzione. Diceva che il trucco era non prestare attenzione esattamente nella giusta misura."

Doll lo guardò. Dev sorrise.

"Il fatto è che non ho mai incontrato nessuno in vita mia che prestasse più attenzione di quella donna," disse. "Per lei, tutto al mondo era degno di considerazione."

I rumori si propagarono lungo il corridoio. Dev sentiva il rumore dei passi sulle scale. I Ferdia. Doll piegò la testa, teso.

"Come andrà a finire?" disse.

"Non lo so," disse Dev. Si aggiustò sulla sedia e si schiarì la gola. Sulle ciglia le lacrime fremevano.

Doll aveva riportato la sua attenzione su Georgie, muovendo la mano, in modo tenero e vivace, più e più volte sul mantello del cane.

"Non voglio che mi facciano male," disse.

"No," disse Dev.

Quella fu l'ultima conversazione che Dev e Doll ebbero da soli. I Ferdia scesero per la colazione e la giornata passò, ora dopo ora di attesa nervosa e senza eventi, Gabe e Sketch che entravano e uscivano parlando al telefono, Dev che faceva il possibile per mettere Doll a suo agio. Quella notte non mandarono Doll nel seminterrato. Poco dopo l'una di notte, Gabe disse a Dev che era arrivato il momento. Dev uscì con loro nel vialetto, nell'improvvisa ampiezza della fresca e nera aria notturna. Mentre i Ferdia caricavano Doll in macchina, Dev si abbassò per augurare buona fortuna al ragazzo. Cos'altro poteva dire?

11.

"Come sta il coglione pelato?" chiese Cillian.

"Se la caverà," disse Nicky.

Cillian sorrise e fece un tiro di canna. Era seduto al suo solito posto sul divano del salotto. Davanti a lui, sul tavolino, accanto al giardinetto zen c'era la massa rigonfia della borsa di tela verde oliva di Kieron Flynn.

"Bene," disse Cillian, "l'ho solo sfiorato, quel cazzone."

"Veramente è finito al Castlebar General."

"L'hanno portato all'ospedale?"

"Già."

"Un po' di punti e starà benissimo," disse Cillian sprezzante, gettando la cenere nella conchiglia portacenere che teneva in equilibrio sul ginocchio.

"La macchina dove l'hai presa?" disse Nicky.

"Non pensarci. Posso procurarti un'auto a occhi chiusi," disse Cillian. "È venuta la polizia?"

"Sì."

"Nulla da dire?"

"Io?"

"Sì."

"Ho detto quello che ho visto, cioè niente."

"Quando ti ho vista lì con quello stronzo pelato che fumavi ho pensato, cazzo, ha deciso di fare una cosa discutibile."

"Discutibile?"

"Mettere i bastoni tra le ruote a mia madre."
"Quindi il piano era di Sheila?"
"Sì."
"Quando mi ha telefonato ho pensato che l'avessi convinta tu."
"Che giri può fare la testa di una madre quando il suo piccolino è in pericolo." Cillian sorrise. "Allora, cosa gli hai detto?"
"A chi?"
"Alla polizia."
"Che ero fuori a fumare con Flynn, ma sono rientrata appena prima che venisse aggredito, quindi non ho sentito o visto nulla."
"Il coglione pelato ha avuto qualcosa da dire?"
"Non lo so. Le guardie hanno parlato con lui a tu per tu per un po', prima che l'ambulanza lo portasse via."
"Dovevi vedere la sua faccia quando sono saltato fuori dalla macchina," disse Cillian, sgranando gli occhi e facendo cadere la mascella per imitarlo. "A bocca aperta così, a prendere mosche. Non aveva idea."

Dopo aver chiuso la porta di servizio, Nicky era andata dritta in fondo al corridoio e poi era entrata nel ristorante. Aveva preso la brocca d'acqua vicino al banco d'accoglienza ed era andata di tavolo in tavolo a rabboccare i bicchieri e a chiedere agli ospiti se poteva portare loro qualcos'altro, facendo del suo meglio per mantenere salda la presa sul manico della brocca e la voce bassa, anche se aveva un nodo tremendo che le attanagliava le viscere. Avrebbe voluto tornare al parcheggio, ma non poteva, lo sapeva, anche se non riusciva a immaginare l'entità delle ferite di Flynn; non si poteva nascondere niente a Cillian. Alla fine, dopo quella che le era sembrata un'eternità, anche se probabilmente non erano passati di più di cinque o sei minuti, Flynn era tornato dentro barcollando, con un taglio sulla testa, e Nicky, essendo la prima persona a vederlo, aveva potuto gridare il suo spavento e il suo segreto sollievo.

"Quanto c'è lì dentro?" chiese Nicky, guardando la borsa.

"Una discreta sommetta."

"Basta?"

"Dovrà bastare," disse Cillian, aspirando l'aria tra i denti e passandosi una mano tra i capelli.

"Perché mi hai chiesto di venire qua?"

Una volta arrivate, le guardie avevano isolato il parcheggio, chiuso il bar e trattenuto tutto il personale per interrogarlo a turno. Erano quasi le tre quando Nicky era uscita. Era a casa che mangiava con poca voglia un piatto di noodles freddi e si chiedeva cosa diavolo doveva fare dopo quando Cillian le aveva telefonato dicendole di andare da lui appena poteva.

Cillian si mise diritto e si schiarì la gola.

"Ti vogliono lì."

"Cosa?"

"Poco prima che ti chiamassi mi hanno chiamato loro e hanno chiesto se ero pronto. Ho risposto di sì. Hanno detto che chiamavano dopo con le istruzioni su dove incontrarci. Quando chiamano devo essere pronto a partire. E hanno detto che devi esserci anche tu."

"Io non vengo da nessuna parte," disse Nicky.

"Hanno detto che devi. Hanno detto che è una condizione per l'incontro."

La sensazione di essere improvvisamente messa all'angolo, come quando nella stanza sul retro del Pearl era apparso quell'uomo, la attanagliò.

"Perché?" riuscì a dire.

Cillian si sporse in avanti, prese il rastrellino e iniziò a tracciare piano dei solchi nella ciotola di sabbia.

"La logica, credo, è che tu sei una che non c'entra," disse. "Sei al di fuori di questa situazione come nessuno di noi. Gli uomini che hanno rapito Doll sono preoccupati di come potrebbero andare le cose, c'è da capirli. Non ho intenzione di fare niente di avventato, ma loro non possono essere sicuri. Quindi pensano che ci siano più possibilità che tutto si svolga senza intoppi se c'è uno che non c'entra."

"Niente di avventato..." disse Nicky.

"Non succederà nulla," disse Cillian. "Noi gli daremo i soldi e loro ci daranno Doll. Il fatto che ti vogliano lì è un buon segno. Vuol dire che vogliono che tutto proceda senza intoppi."

Nicky scrollò la testa.

"Non voglio averci niente a che fare," disse.

Cillian sprofondò nei cuscini, la fronte aggrottata.

"Non posso costringerti a fare niente se non vuoi, piccola," disse con un gesto distensivo della mano. "Ma questa è la condizione che mi hanno posto. Se mi presento senza di te, si innervosiscono. Perché è più probabile che le cose vadano male."

"Io non sarò di nessuna utilità se le cose vanno male," disse Nicky.

"Se ci sei tu ci sono meno possibilità."

Cillian posò il rastrello e diede una pacca alla borsa come se fosse un pezzo di carne.

"Guarda cos'hai fatto finora," disse, e i suoi occhi azzurri la guardavano, la trapanavano. "È tutta colpa mia, lo so. Ma non te lo chiederei se non pensassi che puoi."

Sara Duane arrivò verso le sei. Entrò in salotto con una pizza e un sacchetto di patatine. Notò Nicky e riuscì a fatica a buttar lì un flebile saluto. Guardò Cillian, guardò la borsa sul tavolino, poi andò verso la cucina. Cillian la seguì. Nicky rimase ferma, sentì gli scambi ovattati del litigio che si propagavano lungo il corridoio, sentì il suo nome ripetutamente evocato da Sara e le risposte basse e ferme di Cillian.

"Non ci posso credere," disse Sara a Nicky quando lei e Cillian tornarono in salotto. "Non vorrai andarci davvero?"

Nicky non sapeva cosa dire.

"Non puoi coinvolgere questa ragazzina," dichiarò Sara a Cillian.

"È già coinvolta," disse Cillian.

Nicky rifiutò l'offerta di qualcosa da mangiare, ma Sara le fece prendere un po' di pizza e patatine. Mangiarono in salotto. Cillian accese la TV, solo per avere un po' di rumore e di distrazione.

Arrivarono le otto, le nove. Senza che Nicky avesse detto apertamente di sì, sembrava ormai assodato che avrebbe preso parte a qualsiasi cosa dovesse succedere più tardi.

Verso le dieci, suo fratello Connor le mandò un messaggio.

Ti diverti? le scrisse.

Per niente, rispose lei. *E tu dove sei adesso?*

Venti minuti dopo lui rispose *Paesino fuori Rotterdam*

Com'è?

Una merda nemmeno un bel bar

Quando torni a casa?

Mercole

Ci vediamo

Tutto bene?

Sì, digitò Nicky senza esitazione.

A più tardi

A più tardi

La TV continuava a blaterare e nessuno ci faceva caso. L'atmosfera era funebre. Cillian rianimava a intermittenza un flusso penoso di chiacchiere che Nicky non aveva alcun interesse a portare avanti e che sembravano solo irritare ancora di più Sara. Cillian bevve una birra e fumò diversi spinelli. Nicky fece qualche tiro perché altrimenti sarebbe impazzita.

Un cellulare iniziò a squillare. Nicky alzò la testa. Si rese conto di essersi appisolata in poltrona, con un occhio schiacciato sul palmo della mano. Stelle gialle ribollivano e schizzavano nel suo campo visivo mentre Cillian si allontanava nel corridoio con il cellulare attaccato all'orecchio. Poi tornò.

"È ora di andare," disse a Nicky.

Cillian aveva mollato l'auto che aveva usato per la rapina, così presero quella di Nicky.

"Dove andiamo?" chiese Nicky mentre si allontanavano da Glen Gardens.

"A Belleek Wood. Dietro la villa c'è una stradina che porta in un posto. Li ho già visti lì," disse Cillian. Era seduto accanto a lei, con la borsa infilata nel vano piedi davanti a lui.

La città era completamente deserta, i lampioni bagnavano l'aria notturna di un bagliore giallo così nebuloso che sembrava una specie di gas maligno diffuso. Gli unici altri segni di vita erano i semafori che cambiavano colore con inquietante puntualità sopra gli incroci vuoti.

"Pensi che questi uomini..." disse Nicky.

"I Ferdia," disse Cillian.

"I Ferdia, pensi che faranno del male a Doll?"

"Non lo so, Hennigan, non so cosa faranno," disse Cillian, si sporse tutto agitato sul sedile e avvicinò il viso al parabrezza, come se ci fosse qualcosa sulla strada che doveva vedere. Rimase così per mezzo minuto buono. Poi, con voce mite, chiese: "Tu vuoi bene a mio fratello?"

Nicky strinse le dita intorno al volante. Spaventata e tesa com'era, quasi rise per la vistosa serietà della domanda.

"Che cosa intendi?" disse lei.

"Intendo dire se gli vuoi bene.?"
"Esco con lui," disse lei, "non è che lo odio, no?"
"Si può voler bene a una persona odiandola."
"Che filosofia!"
"È poesia da magnete del frigo, ecco cos'è. Anche se si dà il caso che sia vero. E tu non hai risposto alla mia domanda."
"Tu vuoi bene a Sara?"
"Assolutamente sì."
"Allora io voglio bene a Doll, credo."
"Doll è un bravo ragazzo."
"Sì."
"Lui pensa che nel mondo tutto filerebbe liscio se la gente andasse d'accordo."
"Non è una cosa brutta da pensare."
"In teoria no. Ma poi bisogna vedere com'è la realtà. Il problema di Doll è che lui già di per sé va d'accordo con tutti. O ci prova. Ma in questo mondo c'è gente con cui non si dovrebbe mai stare nella stessa stanza."
Nicky guardava dritto davanti a sé, ma avvertiva l'attenzione di Cillian su di lei.
"Su questo siamo d'accordo, credo," disse.
Si stavano avvicinando alla svolta per la strada principale che portava alla villa.
"Di qua?" chiese Nicky.
"Vai dritto," disse Cillian. "Comunque, quello che voglio dire è che sei molto brava a sopportarmi per amor suo."
"Non è che ti sopporto," bluffò lei.
"Che tu ci creda o no, lo so come sono fatto," disse Cillian. Nicky lo guardò. Era ancora sporto in avanti sul sedile, osservava la strada e sorrideva nervosamente. "Ogni tanto me ne rendo conto ed è orribile."

Nicky entrò nel parco di Belleek Manor e imboccò

il viale d'ingresso in salita, l'erba del prato era precisa e metallica sotto la luce blu della luna. In cima al prato si trovava la villa, Belleek Manor. Era stata costruita secoli prima, da un lord lieutenant. Sopra il portone brillavano due lanterne elettriche. A parte un'unica luce nella fila in alto a sinistra, le finestre di tutte le stanze erano vuoti neri senza luce. La villa era immensa e immobile come un transatlantico affondato.

Fece il giro della casa, verso il parcheggio.

"Laggiù, guarda, c'è una stradina," disse Cillian.

Lei prese la stradina che lui le indicava. Era buia, stretta e non illuminata, si snodava in mezzo a tratti fitti di rami sporgenti, e avanti così in questo modo solitario, tanto che dopo un po' Nicky cominciò a dubitare che stessero andando nella direzione giusta, o in una qualsiasi direzione, finché il piccolo diamante giallonero di un cartello stradale lampeggiò nei fari e cominciò a ingrandirsi.

"È qui?" chiese Nicky.

"Sì," disse Cillian.

Quando si avvicinarono vide che il cartello era affisso all'ingresso di una piccola piazzola.

"Sono lì?" chiese Nicky mentre sterzava per entrare. La piazzola era del tutto priva di illuminazione, uno spazio nero negativo.

"Sono qui," rispose Cillian con una vocina tesa. Nel raggio dei fari Nicky vide il rubino spento e opaco del fanalino di coda di un'auto parcheggiata. Accanto all'auto c'era un uomo in piedi nel buio.

"Oh Dio," Nicky si sentì dire ad alta voce.

"È tutto a posto," disse Cillian, senza guardarla, l'attenzione tutta rivolta alla sagoma accanto all'auto, ma lei avvertì un filo di roca isteria anche nella voce di lui.

Nicky si fermò, ma non spense il motore. L'uomo si avvicinò, si fermò a qualche metro dal lato di Cillian e guardò dentro. Aveva il volto scoperto. Le maniche sembravano finire nel nulla e la mente di Nicky, rallentata dalla paura come il freddo rallenta le membra, ci mise un attimo a capire che aveva le mani infilate nelle tasche dei pantaloni. La colpì il pensiero che a quel punto poteva succedere di tutto.

"Spegni il motore," disse l'uomo, con la voce alta smorzata dal vetro.

Cillian la guardò.

"Spegni la macchina," disse.

Nicky spense e l'uomo si avvicinò.

"Abbassa il finestrino."

Cillian abbassò il finestrino. L'uomo si avvicinò di più, piegò il capo. Era tarchiato, con i capelli pettinati all'indietro e tranquilli occhi azzurri che guizzavano in movimenti rapidi e minimi nelle orbite dentro il volto immobile.

"Cristo," disse. "Hai portato la ragazzina. Pazzesco."

Cillian lanciò uno sguardo colpevole a Nicky e poi tornò a fissare l'uomo. La sua insistenza nel dire che la volevano lì. Ma non erano loro, Nicky se ne rese conto; era Cillian che voleva un'altra persona, un'estranea, presente.

"Dov'è Doll?" chiese in fretta Cillian.

"Dove sono i soldi?" ribatté l'uomo.

"Qui," disse Cillian, indicando con un gesto cauto il vano piedi.

"Fa' vedere," disse l'uomo.

Cillian si abbassò e prese la borsa.

"Dov'è Doll?" ripeté l'uomo.

"Adesso vi porto da lui."

L'uomo fece un passo indietro.

Cillian scese.

"Anche tu, ragazzina," disse l'uomo.

Nicky aveva le dita sulla chiave. Per un attimo pensò di riaccendere l'auto, dare gas e sgommare via. Al diavolo Doll. Che se la sbrigasse Cillian. Guardò Cillian e l'uomo.

L'uomo la fissava attento e tranquillo, come se sapesse di preciso cosa le passava per la testa.

"Su, forza," disse.

Nicky uscì nella notte e si mise in tasca le chiavi.

"Per di qua," disse l'uomo.

"Questo qui è Sketch Ferdia," disse Cillian mentre lei girava intorno alla macchina. "Sketch e Gabe Ferdia. Sono loro che hanno preso Doll."

"Tu credi di essere furbo," disse l'uomo, Sketch, a Cillian. Indicò la sacca. "Diamo un'occhiata."

Cillian slacciò le fibbie e lasciò che la sacca si aprisse. Sketch studiò il contenuto. C'erano pacchetti di plastica pieni di banconote e un sacchetto grande di plastica gonfio di sacchetti più piccoli di monete. Sketch tolse una mano dalla tasca e tirò fuori il sacco grande con le monete.

"E questo che cazzo è?" disse, ma invece di aspettare una risposta lasciò cadere il sacchetto nella sacca. Passò dietro a Cillian e Nicky, accese la torcia del telefono e la puntò su uno stretto sentiero sterrato che tagliava la boscaglia. "Andiamo," disse.

Il sentiero si allontanava dalla piazzola e si inoltrava nel bosco, salendo e curvando tra le sottili masse nere degli alberi. Nicky camminava accanto a Cillian e ne sentiva l'odore, l'odore polveroso e aspro di sudore stantio. Lui inciampò due volte nel buio e si rimise diritto imprecando. Sketch tollerò in silenzio queste interruzioni, fermandosi solo per aspettare che Cillian si rimettesse in marcia.

Nicky sapeva che avrebbe dovuto infuriarsi con Cillian per averla attirata lì, per averla portata con lui nella trappola, ma mentre lui procedeva a tentoni accanto a lei non provava nulla, nemmeno disprezzo. Nel momento in cui era scesa dall'auto aveva oltrepassato una linea, quel confine sottile come una lama che separa il possibile dal reale. Quel passaggio era irrevocabile e ora che era stato compiuto tutti i motivi che l'avevano spinta a compierlo, compresa la doppiezza di Cillian, non avevano più importanza. L'unica cosa che contava era quello che sarebbe successo dopo. Mentre avanzava sul terreno dissestato la sua mente correva, illuminata da frammenti di premonizione animale. Sapeva che la violenza era vicina, percepiva a ogni passo l'avvicinarsi di una torsione oscura e sferzante di corpi e membra che avrebbe potuto travolgerla e spazzarla via con la potente indifferenza del mare.

Ma anche se una parte della sua mente era tormentata da questi indizi, un'altra parte di lei restava stranamente calma e distaccata, si era ritirata in uno spazio interiore di rassegnata e sonnolenta quiescenza. Aveva paura ed era esausta. Sentiva che se le avessero permesso di stendersi a terra anche solo per un momento si sarebbe addormentata in pochi secondi.

Continuarono ad andare avanti e avanti e alla fine emersero in una specie di radura. Il terreno sotto i loro piedi divenne pianeggiante ed erboso; la radura era delimitata sul lato opposto da una grande roccia che sporgeva da una collina. Accanto alla roccia c'erano due figure. Nella luminosità perforante della luce del telefono di Sketch, Nicky vide un volto, una pallida apparizione.

"Doll," disse.

"È mio fratello," sentì dire a Cillian ad alta voce.

Accanto a Doll c'era l'uomo magro del Pearl, Gabe Ferdia. Teneva stretto in pugno un lembo della felpa di Doll.

"Che cazzo è 'sta roba?" disse, facendo un cenno verso Nicky.

"Ha portato la *beoir.* Pensa di essere molto intelligente," disse Sketch.

Strappò la sacca a Cillian e la svuotò a terra. Il sacchetto di monete atterrò con un tintinnio in mezzo ai sacchetti più piccoli pieni di banconote.

"Dove li hai trovati?" chiese Gabe.

"Ho rapinato un bar," disse Cillian.

"C'è tutto?"

Cillian esitò, non disse nulla.

"Contali," disse Gabe a Sketch.

Sketch si mise in ginocchio. Non poteva tenere il telefono e contare i soldi allo stesso tempo.

"Ho bisogno di aiuto con la luce," disse.

"Aiutalo, ragazzina," disse Gabe a Nicky.

Era tutto a posto, pensò Nicky. Quel Gabe era un uomo malvagio, ma lei intuì che tra tutti i presenti era quello che capiva meglio la situazione e che la migliore possibilità per tutti gli altri era che le cose andassero come voleva lui. Ora lui le aveva dato un ordine e quell'ordine era diventato parte della situazione, una parte di cui lei era responsabile, quindi obbedì.

Prese il telefono di Sketch e lo tenne sopra la sua spalla. Accantonò il turbinio dei pensieri, la sensazione di nausea e tensione dei nervi, e si concentrò nel tenere la luce fissa. Tutto ciò che doveva fare era tenere ferma la luce.

Sketch frugava i sacchetti, li svuotava delle banconote. Alcune erano legate in pile, altre erano sciolte. Flynn contava sempre gli incassi separando le banconote a seconda dei tagli e poi le imbustava. Sketch le stava mischiando tutte, si faceva scorrere tra le dita manciate di banconote a caso, così veloce che Nicky dubitava che le stesse contando in modo accurato, e poi le metteva da parte.

"Allora?" chiese Gabe alla fine.

"Le monete non le conto," si lamentò Sketch.

"Monete a parte?"

"Sì," mormorò, dopo che il suo silenzio si fu prolungato troppo, "non lo so, cazzo. Comunque credo che ci siano più di diecimila euro."

"Ne mancano tre," disse Cillian. "Ci sono quattordicimila euro in banconote e le monete sono circa seicento euro. Le ho contate tutte oggi pomeriggio. Ne mancano tre e un po' per arrivare a diciotto".

"Come cavar sangue da una cazzo di rapa," disse Gabe.

"Sara prende lo stipendio venerdì. Posso darvi il resto per allora."

"Ma dai, davvero? Quando ti è più comodo, cazzone!"

"Potete fidarvi."

Bastò. Gabe fece uno scatto in avanti e lasciò andare Doll.

"Vai, giovanotto," disse.

Doll barcollò verso Nicky. Lei gli prese il braccio. I vestiti che gli avevano messo addosso erano larghi e molli. Aveva l'odore di qualcun altro.

"Che cosa ci fai qui?" chiese lui meravigliato.

"Cillian ha voluto che venissi," fu tutto ciò che riuscì a dire Nicky.

Nicky avvertì un movimento frusciante e alzò lo sguardo appena in tempo per vedere Gabe che si lanciava in avanti per sferrare un pugno nello stomaco di Cillian. Nel fascio di luce del telefono di Sketch vide Cillian piegarsi in due e cadere in ginocchio con un rantolo. Sketch si alzò subito da terra, si avvicinò veloce a Cillian e lo colpì con un pugno alla tempia, poi più volte sul collo finché Cillian non si ritrovò su un fianco, rannicchiato a terra con le ginocchia piegate verso lo stomaco e le braccia raccolte sopra la testa.

"Dopo tutto questo hai ancora la sfacciataggine di presentarti con tremila euro in meno," ringhiò Gabe, e iniziò a tirare calci alla vita di Cillian, a calare più e più volte il piede sulle sue ginocchia. Sketch fu più misurato. Fece un passo indietro, si spostò saltellando per trovare un'angolazione diversa e studiò la sagoma contorta di Cillian prima di far piovere una serie di colpi deliberati sulla coscia, sulle costole e sulla testa.

"Lo uccideranno," gridò Doll.

"Tu resta qui," disse lei, allacciando il braccio intorno al suo e tenendolo fermo, anche se lui non si era mosso.

Rimasero a guardare i Ferdia che continuavano a colpire Cillian con calci e pugni. Durò un pezzo, Cillian si rannicchiò stretto a palla mentre i loro assalti procedevano a raffiche sempre più brevi. Alla fine i respiri di Gabe si fecero più pesanti, e i suoi colpi intermittenti e svogliati. Anche Sketch, come se si rendesse conto che il fratello stava mollando, diventò più sbrigativo. L'assalto finì e i due fratelli rimasero lì a contemplare quello che avevano fatto. Cillian giaceva immobile a terra.

"*Potete fidarvi...* dovrebbe essere il tuo motto, fottuto cazzone," sputò Gabe. Si chinò e avvicinò il suo viso a quello di Cillian.

"Sei vivo?" disse, toccandogli la guancia.

Cillian gemette e alzò appena la testa.

"Era vera quella stronzata del *turlough*?"

Cillian era messo malissimo. Grugnì e cercò di alzarsi su un gomito. Nicky vide il suo volto di profilo. Era scuro, sporco di sangue.

"Forse sì," disse Gabe, "forse ha avuto una sfiga tremenda, ma lì dipende da come te la giochi. Non so cosa pensavi che sarebbe successo. Non so dove pensavi che ti avrebbe portato la strada che hai scelto. Ma adesso sono stufo di te, mi hai sentito? Sono stufo di dover pensare a te. Sono stufo di doverti guardare in faccia. Sono persino stufo di prenderla a calci, la tua faccia. Non voglio più fare niente del genere. Voglio che tu sparisca, mi stai ascoltando?"

Gabe diede uno schiaffo a Cillian, in faccia.

"Sì, sì," riuscì a dire Cillian.

"Non voglio più vederti in giro per Ballina. Vattene da qui. Vattene. Vai dal tuo vecchio in Canada o dove cazzo è. Vai dove ti pare. L'importante è che te ne vai."

Mentre Gabe diceva tutto questo a Cillian, Sketch si

era accovacciato di nuovo e stava rimettendo i soldi nella borsa. Poi si alzò e si avvicinò a Nicky.

"Telefono," disse.

Lei glielo passò. Sketch spense la torcia. L'oscurità calò intorno a loro istantanea.

"Se hai un po' di cervello, ragazza," Nicky sentì dire a Gabe, "scappa lontano da questa gente. Se no farai la loro stessa fine."

Nicky rimase dov'era, con il braccio intorno a quello di Doll. Colse un movimento, intravide con la coda dell'occhio improvvise divisioni nel buio che si richiudevano non appena le fissava. Trattenne il respiro e le parve di sentire un brusco scricchiolio di passi che si allontanavano da loro. Il braccio di Doll era ancora nella sua presa. Poi l'unico rumore rimasto fu il rantolo affannoso di Cillian, a terra. Lenta, cauta, infilò la mano libera nella tasca e toccò il bordo del telefono. Anche quello lì aveva la torcia. L'avrebbe tirata fuori e accesa appena era sicura che i Ferdia se ne fossero andati per sempre.

12.

Dev era sul divano quando sentì l'auto entrare nel viale. Georgie balzò dalla poltrona rossa, fece un velocissimo giro su sé stesso e sgattaiolò via nel corridoio abbaiando fastidiosamente, già tornato al suo vecchio carattere bellicoso.

"Va tutto bene, va tutto bene," disse Dev, spostandolo dalla soglia.

"Bene, giovane Devereaux," disse Gabe entrando nella sala.

I Ferdia si fiondarono in cucina. Sketch portava con sé quello che sembrava uno zaino da scuola. Lo scaricò sul tavolo della cucina. Gabe aprì il frigorifero, scrutò gli scaffali, e sospirò.

"Non c'è più una goccia in questa casa, vero?" chiese, guardando sconsolato la credenza.

"Siete voi che avete bevuto tutto," disse Dev. "Com'è andata?"

"È andata benissimo, amico," disse Gabe.

"Doll se n'è andato?"

"Doll English è stato restituito alla custodia di suo fratello, che Dio lo aiuti." Gabe prese un bicchiere dalla credenza. Aprì il rubinetto dell'acqua fredda, riempì il bicchiere e bevve tutto in un'unica lunga sorsata. Poi mise il dito medio della mano destra sotto il rubinetto e fece una smorfia.

"Credo di essermi rotto un dito sulla testa di quello stronzo," disse.

"Secondo me sì," disse Sketch, "hai una tecnica atroce."

"Chi le ha beccate?" chiese Dev.

"Credo che a quell'English un po' di segni resteranno," ammise Gabe.

"Quello stronzo di merda!" esclamò Sketch. "Sai cos'ha fatto, Dev? Ha tirato in mezzo la *beoir* del ragazzino, se l'è portata dietro."

"La *beoir* di Doll?"

"Sì!"

"Perché?"

"Assicurazione, credo," disse Gabe. "Per avere qualcun altro lì se per caso avevamo deciso di farli fuori."

"Complimenti a quella merda senza palle," scherzò Sketch.

"Ma è andato tutto bene? I soldi li ha portati?" disse Dev.

"Tremila in meno!" esclamò Sketch con rinnovata esasperazione. Aprì le fibbie dello zaino e cominciò a tirare fuori sacchetti di plastica pieni di soldi.

"L'ha ammesso subito. Ha detto *Potete fidarvi* il che ha fatto scattare in questo tizio qualcosa di molto brutto," disse Sketch, facendo un cenno a Gabe.

"Gli ho detto che non voglio più vederlo a Ballina," disse Gabe.

"Pensi che ti ascolterà?" disse Dev.

"Abbiamo preso il ragazzino e gliel'abbiamo restituito," disse Gabe. "È un regalo, è una misericordia e allo stesso tempo gli ha fatto capire bene fino a che punto possiamo arrivare se serve. Quindi è meglio che mi dia retta, quel coglione."

"Senti questa," disse Sketch, lanciando a Dev un grosso sacchetto di monete.

Dev lo prese. Era pesante.

"È il peso di seicento euro in spiccioli, presumibilmente," disse.
"Dove li ha presi?" chiese Dev.
"Ha detto che ha rapinato un pub."
"Quale pub?"
Sketch scrollò le spalle.
"Questa settimana prendi il giornale," disse. "Sono sicuro che il *Western* ci farà un bel pezzo."
Gabe era tornato a controllare gli armadietti.
"Davvero non c'è più da bere in questa casa?" disse.
"Te l'ho già detto," disse Dev.
"Hai l'anima di un astemio, Dev."
"Un drink ogni tanto me lo bevo."
"Sì, ma non ci metti il cuore."
"Allora, che cosa fate adesso?" disse Dev.
Gabe si girò, incrociò le braccia e si appoggiò con la schiena al piano di lavoro.
"La cosa più furba sarebbe uscire di scena per un po', finché non siamo sicuri che il polverone si sia calmato," disse.
"Pensa se arrestano quel coglione per rapina a un pub," disse Sketch.
"Pensavo a Marbella, ecco cosa pensavo," disse Gabe.
"Marbella andrebbe benissimo," concordò Sketch.
"Piscina, materassino, una sangria gigante e il sole che mi cuoce come un pollo allo spiedo."
"Figa spagnola," biascicò sognante Sketch.
I fratelli scoppiarono a ridere. Erano euforici, sollevati e soddisfatti di loro stessi.
"Ti andrebbe di venire con noi, Dev?" disse Sketch. "Sangria e sabbia, e così tante stupide puttane in bikini da non sapere che farsene..."
"Non credo che faccia per me," disse Dev.
"Hai ragione," concesse Sketch con un sorriso.

"C'è qualcos'altro, però," disse Gabe.

"Cosa?" disse Dev.

"Questo accordo che abbiamo in corso. Mulrooney stava pensando..." Gabe abbassò la voce e si schiarì la gola "... che per il momento sarebbe meglio mettere tutto in pausa. Non voleva che te lo dicessimo fino a quando non mettevamo a posto questa faccenda di English."

"Mulrooney vuole mettere in pausa l'accordo?"

"Per un po'," disse Gabe. "Il fatto è che i margini sono sempre stati risicati, e continuano a scendere. Ai tempi del boom, quando qualsiasi concessionario d'auto sfigato di Swinford nel finesettimana cercava di sbiellare, si poteva forse giustificare un giro d'affari qui in mezzo al nulla, ma la verità è che dopo la crisi il mercato locale è andato a puttane. È da un po' che la situazione è critica, anche da prima del casino con English."

"Quindi è tutto finito?" disse Dev.

"Puoi tenertele," disse Sketch, facendo un cenno al sacchetto di monete che Dev aveva ancora in mano. "Vai a fare qualche puntata sui cani per te e il tuo vecchio."

"Non voglio un sacchetto di monete."

"Fanne quello che vuoi," disse Gabe con freddezza, "seppelliscilo in giardino, restituiscilo a Cillian English. È tuo."

Sketch raccolse il resto dei soldi e si alzò.

"Non pensavi che l'avremmo fatto, Dev, vero?"

"Voi due siete capaci di tutto," disse Dev.

"Che giornate," continuò Sketch. "Che cazzo pensavamo di fare? Però è andata bene."

I due fratelli si avviarono lungo il corridoio, verso la porta.

Dev lasciò il sacchetto di monete sul tavolo e li seguì. Non riusciva a credere che fosse finita.

"È questo che vuole Mulrooney?" disse.

Gabe mise la mano sul chiavistello della porta e si fermò. Squadrò l'appendiabiti pieno di cappotti, la carta da parati del corridoio.

"Sai una cosa, ragazzo mio? Questo posto ha una bella struttura. I soldi li hai. Dovresti sistemarlo un po'. Una casa di proprietà alla tua età! Non sono mica tanti a poter dire lo stesso. C'è di peggio, amico mio."

"Ne abbiamo passate di belle," disse Sketch. "E tu non ci hai mai deluso, Dev. Sei un cazzone freddo come il ghiaccio."

Georgie tremava tutto vicino al piede di Dev, e abbaiò più di una volta alle gambe dei Ferdia. Gabe si chinò e sorrise in faccia a Georgie.

"Mi mancherai come un buco in testa," disse, dando un buffetto a Georgie sotto il mento. Poi si alzò e aprì la porta. I Ferdia uscirono e la luce si accese illuminando il vialetto. L'aria nera della notte era fresca, mite come d'estate.

"Io sono qui," disse Dev.

"Lo sappiamo," disse Gabe.

Dev rimase sulla porta e li guardò andare verso l'auto, lo sfarfallio oro pallido della scritta sulla giacca di Gabe. TEQUILA PATROL. Rimase lì finché l'auto dei Ferdia non fu scomparsa in fondo al vialetto.

Tornò in cucina. Sciacquò e mise via il bicchiere che aveva usato Gabe. Aprì il sacchetto tutto sgualcito del pane sul bancone. Erano rimasti solo una fetta e il culo. L'indomani avrebbe dovuto fare la spesa: non si finisce mai di fare la spesa. Aveva fame, ma gettò le due fette di pane nel cestino di Georgie. Il cane si arrampicò grato dentro il cestino e cominciò a mangiare.

Dev si sedette al tavolo, il sacchetto di monete era lì piantato in mezzo. Si guardò intorno nella cucina vuota. Una parte di lui lo desiderava, naturalmente. Una parte di lui aveva sempre voluto questo, stare da solo, lontano anche solo dalla prospettiva di una richiesta di parlare, di replicare, di accogliere opinioni e doverne offrire in cambio, di essere responsabile per altri che non fossero lui e il cane. Essere lasciato in pace. Essere.

La testa gli faceva ancora male, quel palpito radicato ineliminabile al centro del cranio. Batté le palpebre e vide dei puntini. Il battito era incerto. Si alzò per prendere la scatola dei medicinali e fu investito da un odore. Per un attimo si convinse che fosse il fantasma della puzza dei piedi di Gabe, poi si rese conto che l'odore proveniva da lui, stagionato e persistente. Contò i giorni. Non faceva la doccia da prima del loro arrivo con Doll.

Controllò, ma il paracetamolo era finito.

"Vado a fare la doccia," disse.

Georgie alzò la testa, mugolò e tornò a mangiare.

Al piano di sopra, Dev fece scorrere l'acqua calda. Anche se lui e il ragazzo avevano spazzato via tutti i vetri e i detriti dal pavimento e rimesso a posto l'asta della doccia, il bagno era ancora in pessime condizioni. L'armadietto sopra il lavandino era una cavità svuotata, la struttura metallica priva di specchio, contorta, non incorniciava più nulla.

Dev entrò nella sua stanza. Si sedette in fondo al letto. La stretta al petto era ancora lì, una macchia d'argento che si muoveva ai margini della sua visione. Gli tornò in mente che dopo la notte in cui era andato alla cava sua madre l'aveva portato dal dottore. Non il solito, l'anziano dottor Gardner con le sue enormi cravatte e i suoi modi gentilmente beffardi; un altro dottore. La dottoressa Helen Scarlet era una donna sulla trentina. Quando lui e la madre entrarono, Dev ricorda che la dottoressa Scarlet aveva i capelli raccolti e un paio di sottili bastoncini simili ad aghi incrociati a X nell'intreccio color caramello del suo chignon. Vide Dev entrare dalla porta col suo passo pesante e il suo corpo enorme e non reagì: niente occhiate di sorpresa e imbarazzo, niente scatto incredulo delle sopracciglia. Lo accolse, lo fece sedere e si presentò. Dopo un paio di preliminari in cui la madre di Dev, ricorrendo strenuamente a tutti gli eufemismi possibili, illustrò i recenti problemi di Dev, la dottoressa Scarlet iniziò a fargli una serie di domande, alcune dirette e precise, altre ampie e generiche. Intanto Dev la vide allungare un braccio e sfilare un bastoncino dal suo chignon e rimetterlo tra i capelli con un'angolazione leggermente diversa. Ricordava che la dottoressa Scarlet aveva fatto quel gesto con delicatezza, senza staccare lo sguardo da lui per tutto il tempo. Gli venne in mente, ripensandoci in seguito, che quel gesto non aveva segnato una devianza dell'attenzione della dottoressa, ma la sua intensificazione. Alle domande della dottoressa, Dev balbettò a fatica quelle che gli parvero, già mentre le dava, una successione di non-risposte frammentarie, incoerenti e inadeguate. Però la dottoressa Scarlet ascoltò con attenzione e assicurò a Dev che aveva fatto la cosa giusta a venire da lei. Disse che gli avrebbe consigliato una terapia a base di farmaci antidepressivi e ansiolitici, da iniziare subito; e suggerì un primo ciclo di sedute, una volta la settimana, per otto settimane.

Dev aveva accettato le sedute soprattutto perché aveva pensato, stupidamente e troppo presto, che sarebbero state con la dottoressa Scarlet. Invece ogni mercoledì pomeriggio saliva nell'anonimo corridoio del secondo piano dello studio medico, dove si strizzava in una stanzina senza scrivania, quasi spoglia, davanti a uno degli uomini più esili e delicatamente proporzionati che Dev avesse mai visto in vita sua. L'uomo aveva le guance a mela, lineamenti elfici e una folta chioma di capelli rossi. Dev aveva solo diciassette anni, ma l'uomo, che doveva averne un po' più di venticinque, sembrava più giovane di lui. Il dottor Jarleth aveva un accento delle Midlands non localizzabile. Portava i primi tre bottoni della camicia aperti e aveva il collo lungo e sorprendentemente pallido. Quando era nervoso, o anche solo in difficoltà, si toccava il collo ed emetteva una singola risatina secca. Era una specie di punteggiatura. Era uno psicologo o uno psichiatra, o forse solo un terapeuta generico, se esiste una cosa del genere; magari non era nemmeno un medico, ma Dev si rivolse sempre a lui chiamandolo dottore. Jarleth non lo corresse mai.

Ogni seduta durava un'ora. Dev aveva la sensazione che il dottor Jarleth non avesse molta esperienza. Il suo modo di fare oscillava tra la titubanza e l'insensibilità, tra silenzi soffocanti e finta allegria. Spesso non riusciva a nascondere la profonda noia che provava.

All'inizio di ogni seduta Dev riceveva un questionario che compilava mentre il dottor Jarleth usciva dalla stanza per cinque minuti. L'unica finestra era sempre chiusa e la stanza era umida. Dev ben presto si sentiva sonnolento mentre scorreva il questionario e selezionava su una scala da uno a cinque il numero che meglio corrispondeva alla robustezza della sua libido, all'intensità e alla frequenza delle sue idee suicide, all'intensità e alla frequenza dei suoi pensieri compulsivi e/o negativi, alla durata e alla frequenza delle sue crisi di insonnia per quella settimana. Dev tendeva a scorrere veloce il questionario in uno stato di stupore confusionale, spesso senza nemmeno leggere bene le domande. Era tutto troppo confuso, vago e astratto. Non sapeva come assegnare numeri alle cose che accadevano dentro di lui e cominciava a nutrire il sospetto sempre più forte che i numeri che aveva fornito venissero raccolti per uno scopo altro, per essere poi usati contro di lui, se le cose non fossero cambiate, se non avesse cominciato a *migliorare*, qualunque cosa significasse *migliorare* in un simile contesto. Così cerchiava quasi sempre dei numeri a caso, solo per portare a termine l'esercizio, ma non appena il dottor Jarleth tornava nella stanza e toglieva a Dev il questionario compilato per infilarlo nella busta plastificata del raccoglitore grigio in cui teneva i questionari che aveva ricevuto da Dev, Dev iniziava subito a fissarsi e a rimuginare su una particolare domanda che era sicuro di aver interpretato male, e poi era troppo distratto per prestare attenzione a Jarleth che cercava di parlare con lui di com'era andata la settimana, di com'era messa la sua testa e di come andavano le cose a casa.

Al termine delle otto settimane, il dottor Jarleth raccomandò un ciclo di sedute di follow-up a distanza di alcuni mesi e Dev accettò subito, ma quando arrivò il momento si tirò indietro. A quel punto aveva trovato lavoro a Complere e ne era felice. Usciva di casa tutti i giorni per fare soldi, andava anche a bere qualcosa nel finesettimana con i suoi compagni di lavoro. Riuscì a convincere la madre che le sedute non gli servivano più.

Da allora non vide più il dottor Jarleth. Forse le sedute erano servite, anche se Dev rimase con l'idea assillante che qualunque cosa avesse dovuto ottenere di sicuro non ci era riuscito. Alcuni momenti gli rimasero impressi, come quando Jarleth, che a parte gli altri suoi problemi era misurato nel non appesantire Dev con opinioni non richieste, si intromise in qualche storia o aneddoto prolisso e senza dubbio del tutto banale che Dev stava raccontando e gli disse: "Quello in cui ti trovi, Dev, è un circuito di attesa, solo che non stai aspettando nulla."

Dev ricorda il rossore che invase il volto del dottor Jarleth quando fece questa affermazione. Si rese conto di aver oltrepassato il limite, bevve nervosamente una sorsata d'acqua, si schiarì la gola, si toccò il collo e fece una risatina.

"Scusa, Dev," disse. "In realtà non era una critica. Spero che tu non l'abbia percepita come tale."

"Non mi è nemmeno venuto in mente che lo fosse," Dev ricorda di avergli detto.

Fu il dottor Jarleth a insegnare a Dev il conteggio e i respiri ogni volta che sentiva arrivare un attacco. Fu il dottor Jarleth a insegnargli a toccare una superficie solida e/o strutturata, concentrandosi sulla sua concretezza e sulla sua particolarità, su queste manifestazioni del mondo solido che era tutto intorno a lui e che non voleva e non richiedeva nulla da lui ma era lì e basta, percepito e sicuro.

La doccia era ancora aperta. La porta della camera di Dev era aperta. Sentiva l'acqua dall'altra parte del corridoio. Ricordò a sé stesso che era salito al piano di sopra per fare una doccia, e quindi avrebbe fatto la doccia. Si chinò e sfilò uno dei suoi enormi calzini. Sollevò il piede sul ginocchio e lo esaminò, le unghie spesse e giallastre con le estremità bianche che si allungavano. Spostandosi notò che la sensazione nel petto era cambiata. Ora la sensazione era come un blocco, un ronzio. Stava avendo un attacco, sì, ma non forte, e aveva già superato la fase acuta.

Siccome era solo, quasi non se n'era accorto.

Era stanco.

Il suo corpo era stanco.

Lo sentiva tutto intorno a sé.

Pensa al tuo corpo come a una macchina. Le macchine hanno i loro processi, aveva detto Jarleth.

Dev pensò a quanto poco abbiamo a che fare con il nostro corpo, in realtà; è vero che ha le sue abitudini e i suoi processi, la maggior parte benigni e necessari, ma alcuni sono catastrofici e inspiegabili. E il fatto è che il corpo perpetua quei processi indipendentemente dai nostri desideri. Pensò a come in fin dei conti siamo tutti custodi o sovrintendenti del nostro corpo, responsabili soltanto della sua igiene e della sua rappresentazione. Lo riforniamo di carburante che poi smaltiamo, gli facciamo la doccia e lo vestiamo. Gli spazzoliamo i capelli e gli tagliamo le unghie. Ma possiamo scegliere di non fare queste cose e il nostro corpo, indipendentemente dalla nostra negligenza, va avanti lo stesso, finché può.

Ascoltò il tamburellare della doccia nel fondo vuoto della vasca e si rese conto, con una ben nota fitta di autocritica, che l'acqua scorreva da così tanto tempo che ormai di docce avrebbe potuto farne due. Per un attimo immaginò di alzarsi di scatto ed entrare in bagno, di chiudere il rubinetto e far cessare il flusso a sorpresa, dimenticandosi di tutta la faccenda. Ma non fece nemmeno questo. Continuò invece a fissarsi il piede, le pieghe screpolate della carne dura dove la suola si incurvava e diventava di un bianco gessoso.

Era tornato al punto in cui finiva sempre. La sua vita, che girava, sempre più stretta, su sé stessa. Era come se ogni volta che cercava di muoversi, per quanto timidamente, in una nuova direzione, venisse riportato di forza al centro di sé stesso. E quel centro diventava sempre più piccolo, sempre più decrepito e ferocemente ridotto. Sua madre se n'era andata, il padre se n'era andato, ora anche i Ferdia. Pensò a Sketch che sogghignava lasciandogli il sacchetto di monete: *Fai qualche puntata sui cani per te e il tuo vecchio.*

Quello che non riusciva a spiegarsi era che non odiava nemmeno più suo padre. Era solo che non era mai riuscito a trovare un modo per aiutarlo, proprio come suo padre non aveva mai trovato un modo per aiutare lui. Ed è difficile, alla fine diventa insopportabile stare vicino a una persona senza essere in grado di aiutarla, e lui l'aveva capito solo quando era molto, troppo tardi.

Il tamburellare dell'acqua.

Tutti i processi finiscono, aveva detto Jarleth.

Doveva smettere di essere così, lo sapeva.

Era salito al piano di sopra perché voleva fare la doccia:

ora doveva solo finire di spogliarsi e farla. Immaginava il getto d'acqua pressurizzato, il piacevole scroscio deciso che gli scorreva giù dalla testa. Avrebbe voluto già essere nella doccia, sotto l'acqua, a farsi investire da quel muro caldo e avvolgente. Se fosse riuscito a pulirsi, a prendere la sua pillola e dormire, l'indomani tutto avrebbe potuto cominciare a essere diverso. Doveva solo arrivarci. Ma nel frattempo tutto ciò che poteva fare era continuare a guardarsi il piede. Era appeso lì come se non avesse niente a che fare con lui. E questo era il problema. Era questo che rendeva tutto così difficile. Non si può fare niente se prima non si fa un'altra cosa.

13.

Cillian riuscì a rimettersi in piedi. Doll si passò il suo braccio sulle spalle e lo aiutò lungo il sentiero che portava all'auto, mentre Nicky faceva strada con la torcia del telefono. Fecero salire Cillian sul sedile di dietro. Nicky sgommò via dalla stradina d'accesso, superò la facciata spenta e le lanterne accese di Belleek Manor, e ben presto si ritrovarono sulla strada principale.

"Come va lì dietro?" chiese Nicky. Cillian era sdraiato, quindi nel retrovisore non lo vedeva. Il suo respiro era debole, umido e suonava bloccato.

"Sto bene," disse lui.

"Non è che dovremmo andare in ospedale?" disse lei.

Doll batté le palpebre e la guardò, un mezzo sorriso dubbioso e provvisorio sul volto pallido. Nicky ebbe l'impressione che non avesse capito.

"Dovremmo portare Cillian all'ospedale, secondo te?" ripeté.

"Niente ospedale," intervenne Cillian da dietro, tra gemiti e colpi di tosse.

"Magari sei messo male sul serio," disse Doll all'improvviso.

"Andiamo dalla mamma," disse Cillian.

"Possiamo chiamare un'ambulanza da lì, se ce n'è bisogno," disse Doll. Aveva un tono piatto, calmo.

Allargò le mani sulla pelle del cruscotto.

Nicky guardò e vide delle brutte ferite scure intorno ai polsi.

"I polsi," disse.

"Non capisco perché sei venuta," le disse Doll.

"Cillian," cominciò a dire. Sentì il lieve rantolo da dietro mentre guardava la strada che sembrava filare e balzar su incessante nel bagliore dei fari prima di scomparire sotto l'auto. Cominciarono a vedersi i tetti e i vialetti delle case, e mentre si avvicinava all'incrocio che li avrebbe riportati in città venne colta da un senso di sollievo.

"È stato Cillian a chiedermi di venire," si limitò a dire.

Guardò di nuovo i polsi di Doll.

"Cosa ti hanno fatto, Doll?" chiese. "Dov'eri?"

"Mi hanno menato un po', è vero," disse Doll. "Il peggio era che di notte mi legavano al letto. Era un casino cercare di addormentarsi."

Doll disse queste frasi senza grande partecipazione, con inquietante tranquillità.

"Ma dov'eri?" ripeté lei.

"Mi hanno tenuto in una casa," disse. "Mi hanno messo in cantina."

"La casa di chi?"

"Non era male, il tipo," disse Doll. "Gli altri due l'hanno costretto."

"Casa di chi?" riuscì a dire Cillian da dietro.

"Un certo Dev. Dev Hendrick," disse Doll. "Un tipo grande e grosso."

"Dev Hendrick?" disse Cillian. "Dev Hendrick?"

Scoppiò a ridere e Nicky sentì che si muoveva, si metteva seduto.

"Dev Hendrick era in assoluto il più enorme sfigato della scuola," disse.

"Lo conosci?" disse Nicky a Cillian.

"Poveraccio," disse Cillian. "Era grossissimo ma non si faceva mai valere. Lo menavano un giorno sì e l'altro pure. Non posso credere che i Ferdia abbiano tirato in mezzo quello sfigato del cazzo."

Doll si girò e guardò Cillian.

"Hai davvero rapinato un bar?" disse.

A Nicky tornò in mente in modo molto vago che il Pearl era stato rapinato, che era stato Cillian e che Flynn era in ospedale. *Immagina se ti portassimo all'ospedale e finissi nel letto accanto a Flynn*, le venne voglia di urlare a Cillian. Le cose erano così ingarbugliate e confuse che sembrava di essere in una barzelletta.

"Ha rapinato il Pearl," disse Nicky.

"Cosa?" disse Doll.

"È così." Cillian tossì e rise.

Nicky guardò nello specchietto. Cillian aveva il labbro spaccato. Intorno alle sopracciglia il sangue si era rappreso e sul viso gli si era asciugato a strisce. Sembrava che gli avessero rovesciato in testa una pentola di olio per motori.

"Ti hanno conciato bene," disse Nicky.

"Non mi sento nemmeno troppo male, adesso," disse Cillian con improvvisa energia. "Cioè, mi sento di merda, ma non di merdissima."

Presto uscirono dal centro della città e imboccarono la strada di Killala. Ai lati dell'auto l'orizzonte si stendeva piatto e basso, una notte limpida e piena di stelle premeva dall'alto.

"Non posso credere che sei venuta a prendermi," disse Doll a Nicky. "Mi dispiace di essere stato un po' stronzo con te venerdì sera, sai."

"Lascia stare venerdì sera," disse Nicky.

"La mamma andrà fuori di testa," disse Cillian con una nota di oscura, quasi piacevole attesa nella voce. "Non crederà ai suoi occhi."

“La mamma era preoccupata?” chiese Doll.

Cillian si lasciò sfuggire una risata confusa e scheggiata. “Secondo te, bimbo?” disse.

Stavano superando la torbiera. La luce della luna scintillava sui canali scuri e sui solchi, come un lago. Doll la stava guardando.

“Non mi hanno lasciato chiamare la mamma,” disse. “Per tutto il tempo volevo chiamarla, per farle sapere che non doveva preoccuparsi. Ma non potevo perché mi hanno preso il telefono.”

Nicky pensò alle telefonate che aveva fatto a Doll il venerdì e il sabato, ai messaggi che aveva lasciato, alla sua rabbia che si era raffreddata in noncuranza.

“Be’, mica è colpa tua,” disse.

Arrivarono al Killala Bay Hotel. Dietro si alzavano delle colline basse, con le creste orlate da sagome di conifere. Anche gli alberi appartenevano al bosco di Belleek. Il bosco si estendeva dalla città fino a lì e poi proseguiva fino a Killala Bay.

Entrati nel viale di casa English, Nicky parcheggiò come al solito vicino alla siepe. Smontò e fece scivolare il sedile in avanti per far scendere Cillian. Lui afferrò l’avambraccio che lei gli aveva offerto e scese con cautela. Era in grado di stare in piedi da solo. Nicky ficcò la testa dentro la macchina. Doll era seduto immobile sul sedile del passeggero e fissava la siepe, come se stesse riflettendo.

“Tutto bene?” chiese dolcemente, ben sapendo quanto era stupida quella domanda già mentre la faceva.

Lui non rispose. Lei guardò quello che stava guardando lui. Era più o meno il punto in cui una volta era incastrato il vecchio pallone Umbro, quello che aveva tirato fuori e gettato nel cestino venerdì sera. Si chiese se era quello che Doll stava fissando con tanta perplessità, il pallone che non c’era più.

“Tua madre è dentro,” gli disse, e in quel momento la

porta vibrò sui cardini. Nicky alzò lo sguardo e vide Sheila in pigiama che usciva di corsa di casa.

"Oh signore Gesù," esclamò. "Oh caro Dio del cielo."

Corse da Cillian. Lo raggiunse e lo toccò sulla fronte come se gli stesse tastando la febbre.

"Ho riportato Doll," disse.

"Hai bisogno di un dottore," disse Sheila.

"Non ho bisogno di nessun dottore. Ho detto che ho riportato Doll."

La prese per il gomito e la guidò verso l'auto. Solo allora lei parve capire. Sheila si avvicinò al lato del passeggero, si chinò e guardò attraverso il finestrino.

"O Dio mio," disse.

Iniziò a trafficare con la maniglia, ma la portiera era chiusa dall'interno.

"Un secondo, mamma," Nicky sentì dire a Doll. Aveva un tono strano, quasi tagliente. Sheila lasciò la maniglia, fece un passo indietro e aspettò. Dopo un attimo, Doll aprì la porta e scese. Sheila lo abbracciò.

"Eccoti," gemette dentro la sua spalla.

"Sto bene," disse lui. "Va tutto bene, mamma."

"È sotto shock," disse Cillian, e Nicky capì che aveva ragione.

"Sei ferito?" chiese Sheila, tastandogli le braccia.

"Sto bene."

Gli prese le mani e vide le ferite scure intorno ai polsi.

"Oh, amore," disse lei.

"Sembra peggio di quello che è," disse Doll.

Sheila fece un passo indietro e lo lasciò andare.

"Nicky," disse Sheila, prendendo una mano di Nicky. "Tu stai bene, ragazza?"

"Sì," disse Nicky.

"Quello che hai fatto..." disse Sheila, la voce incrinata, preludio alle lacrime.

"Nervi d'acciaio, questa ragazza," disse Cillian.

Sheila tirò su col naso e gettò indietro la testa, poi dalle labbra le uscì un basso sospiro.

"Tu stai bene?" chiese Cillian.

Sheila si toccò la tempia.

"Solo la testa."

"Sempre l'emicrania?" disse Cillian.

"L'ho combattuta con tutte le pillole che avevo, ma ieri sera è esplosa. Lo stress," disse Sheila massaggiandosi la nuca, "non aiuta."

"Quello di cui ho bisogno adesso," disse Cillian, "è un cannone grosso così e un bicchiere di birra. In questo momento berrei la birra più schifosa del mondo."

"Non ho niente in casa," lo avvertì Sheila.

"Non pensavo di entrare."

"Certo che puoi entrare," disse Sheila, "se vuoi."

Cillian guardò la casa e fece un ghigno selvaggio.

"È passato un po' di tempo."

"Già."

"Mi hanno detto di andare da lui. Dal vecchio."

"Cosa?"

"I ragazzi che hanno rapito Doll. Mi hanno detto di andarmene. Di andare via da Ballina, da Mayo, dall'Irlanda. Vogliono che me ne vada per sempre."

"Gli hai ridato i soldi. Non è finita?"

"A quanto pare per sistemare le cose, dovrei anche sparire," disse, e cominciò a zoppicare verso la casa.

"Cillian," disse Sheila. Lo raggiunse e gli infilò la piccola spalla sotto il braccio per aiutarlo.

"Vado bene," disse lui, cercando debolmente di liberarsi.

"Vuoi stare fermo e lasciare che ti aiuti?" disse Sheila.

Cillian obbedì.

"Pensa se vado a Calgary e mi presento alla porta di quel tizio," disse, "e gli dico che sto scappando da certi stronzi veri in Irlanda e che ho bisogno di un posto dove dormire."

"Oh Signore," disse Sheila, "posso solo immaginare la sua faccia."

"Magari passiamo una bella serata. Ma la mattina dopo sparisce, valigie e tutto."

Ormai ridevano, Sheila e Cillian, l'uno nelle braccia dell'altra, presi dal delirio di sollievo mentre lei lo aiutava a varcare la soglia. Sheila si girò, Nicky e Doll erano impalati vicino alla macchina.

"Ehi, voi due," disse, "venite fuori dal buio."

"Lo porto dentro," disse Nicky.

"Brava," disse Sheila, poi aiutò Cillian a entrare in casa e lungo il corridoio.

Nicky chiuse la portiera dell'auto. Le venne in mente il momento in cui, mentre andava verso Belleek Wood, Cillian le aveva chiesto, apparentemente all'improvviso, se voleva bene a Doll. Aveva già dimenticato quello che gli aveva detto, i dettagli della sua cauta non-risposta. La domanda le aveva scatenato una sensazione, una sensazione ricorrente e fugace che era affiorata sempre più spesso negli ultimi tempi e che Nicky faceva del suo meglio per scacciare ogni volta che si manifestava. Era emersa alla festa di Cannon, quando Marina Scully aveva buttato lì che Doll avrebbe potuto seguirla a Dublino per l'università, e si era manifestata nella rapidità con cui Nicky aveva risposto che non voleva essere la ragione per cui lui l'avrebbe fatto. Era riaffiorata, più tardi, quando aveva litigato con Doll sul divano, quando gli aveva detto *ti piacciono le cose facili*.

"Dispiace anche a me, sai," gli disse.

Doll la guardò, con quella sua sembianza sconvolta, la faccia pallida e gli occhi grandi e i vestiti strani. Sulla maglietta che indossava c'era scritto NEVERMIND.

"Non hai fatto niente," disse.

La sensazione si sarebbe ripresentata e lei l'avrebbe di nuovo respinta, e così via fino a quando non ce l'avrebbe fatta più. Quel giorno tutto sarebbe cambiato. Sapeva che sarebbe cambiato. Ma per il momento non aveva importanza. L'importante era che Doll fosse tornato con la sua famiglia. E Nicky aveva dato una mano per farlo tornare. Adesso non doveva fare altro che entrare e stare con loro, ancora per un po'.

Guardò verso la casa. Sheila aveva lasciato la porta aperta.

"Andiamo," disse Nicky prendendo Doll per il braccio, "ci stanno aspettando."

RINGRAZIAMENTI

Vorrei ringraziare Katie e Nick per la loro pazienza e la loro dedizione mentre scrivevo questo libro. Grazie a Lucy Luck per il suo instancabile sostegno.

Grazie ai miei gentili, sensibili primi lettori, compresi Colm Tóibín e Tim MacGabhann.

E tutto il mio affetto a Lucy, Ellie e Daniel.

MISTO
Carta da fonti gestite
in maniera responsabile
FSC® C005461
FSC
www.fsc.org

Finito di stampare nel mese di aprile 2024 presso
Rotolito S.p.A. – Seggiano di Pioltello (MI)

Printed in Italy